나라 잃은 백성처럼 마신 다음 날에는

나라 잃은 백성처럼 마신
다음 날에는
미깡

사실 저는 술을 잘 마시지 못합니다. 그나마 맥주가 좀 낫고, 와인은 반 병 비우는 데 몇 시간이 걸립니다. 소주나 양주 같은 독주는 냄새만 맡아도 취기가 느껴지고요. 그렇게 아주 소량이라도 알코올을 몸에 넣고 나면, 곧이어 두 팔 두 다리에 끔찍한 근육통이 몰려옵니다. 속이 울렁거려서가 아니라, 사지가 찢겨 나갈 듯한 고통에 뜬눈으로 밤을 지새울 수밖에 없는 지경이 됩니다. 아마 알코올 분해 능력이 현저히 낮은 체질일 것이라 추측만 하고 있을 뿐, 정확한 진단은 받지 못했습니다.

그러나 안주에 대한 영역으로 넘어오면 얘기는 완전히 달라집니다. 곱창, 순대, 닭발 등등 보통 사람들이 "이런 건 소주랑 먹어야 하는데." 하면서 먹는 걸 저는 소주 한 방울 없이도 잘 먹습니다. 어디 소주뿐이겠어요. 맥주 없이 튀김도 잘 먹고 (정신차려보면 맥주가 손에 들려 있을 때가 많지만요.) 고량주 없이 중식 요리도 잘 먹고 (없어서 못 먹죠, 암.) 와인 없이 치즈도 샐러드 위에 듬뿍 얹어 잘 먹는답니다. (그렇습니다. 그냥 다 잘 먹습니다.)

그렇다면, 해장 음식은 어떨까요. 열 살이 채 되지 않았던 초등학교 1~2학년쯤, 걸어서 10분 거리의 단골 가게에 해장국을 먹으러 가자고 주말마다 엄마를 조르던 아이가 접니다. 아저씨들은 왜 뜨거운 걸 먹고도 '시원하다'고 하는지 뭐라 설명은 못해도 저의 작은 위장은 본능적으로 알고 있었습니다. 설렁탕을 시키면 밥부터 말아 넣는 사람, 맛있는 짬뽕 한 그릇을 먹겠다고 전국을 여행하는 사람, 심지어 재래시장에서 드럼통에 담아 파는 시뻘건 선지를 한 움큼 사다가 집에서 선짓국을 끓이는 사람, 그것도 접니다. 저는 술값으로 아낀 돈을 해장 음식 사 먹거나 만들어 먹는 데 썼습니다. 술을 마시지 않고도 언제나 '심리적 해장'이 가능한, 준비된 사람입니다.

그러니 저는 자신 있게 말할 수 있습니다. 이 책은 '해장 음식'에 대한 이야기를 하고 있지만, '해장 음식'에 국한된 이야기는 아닙니다. 이것은 한국인이 사랑하는 모든 것에 대한 이야기입니다. 다만, 책을 읽다 보면 필연적으로 술이 너무 당길 것이고 이야기는 중간에 멈출 수 없을 만큼 흥미진진 이어지므로, 이 책을 중심으로 반경 3미터 안에 술이 있는지 확인한 후 다음 장으로 넘어가시기를 추천드립니다.

Editor 김지향

차례 ───────

콩나물 시루에 물을 붓는 마음으로

첫 번째 전투의 승리를 위하여

"해장은 했어?"라는 물음에 갈라진 음성으로 "주스…"나 "초코우유…" 따위를 읊조리는 술꾼만큼 지금 이 순간 처량하고 무력한 자가 또 없다. 속이 풀리는 음식을 차려 먹기는커녕 식탁에 똑바로 앉아 젓가락을 들 수도 없는 지경이리라. 그저 회전 놀이기구처럼 빙글빙글 도는 침대에 영원히 붙어 있고 싶을 뿐이다. 그런데도 침대에서 기신기신 몸을 일으켜 뭔가를 마셨다면 참을 수 없는 갈증 때문이겠지. 갈급함에 냉장고 문을 열어둔 채, 주스병에 입을 대고 벌컥벌컥. 또는 출근길에 무거운 발을 끌며 편의점에 들어가 울렁거림을 가라앉혀줄 초코우유나 이온음료를 샀으렷다. 그리고 이를 부득부득 갈면서 생각하겠지. '내가 미쳤지…. 이번엔 진짜로 끊을 거야. 내가 술을 또 마시면 사람이 아니고 개다!' (해장을 잘만 했다면 당일 오후 5시, 잘 안 되었어도 다음 날이면 신기루처럼 사라지고 말 다짐.)

주 4회 이상 해장을 하는 술꾼 친구들이 모인 단체 채팅방에서 해장할 때 어떤 음식을 선호하는지

물어보았다. 콩나물국밥, 누룽지, 피자 등등 대체로 예상 가능한 답들이 이어졌다. 내가 '음식'에는 '음료'도 들어간다고 짚어주니 다들 "맞다!" 하면서 자기만의 해장 음료 정보를 앞다투어 쏟아내기 시작했다. 재미있는 건, 국밥 같은 걸 얘기할 땐 그 음식의 효능에 대해서는 서로서로 별말이 없던 이들이, 음료에 대해서는 다들 식품학 석사 학위라도 있는 것처럼, 숙취 해소 임상실험에 투입된 사람들처럼, 열띤 반응을 보였다는 거다. 이게 더 효과가 좋다는 둥, 그건 위장에 나쁘다는 둥, 최근 어떤 음료가 드디어 숙취 해소 특허를 받았다는 둥 단톡방은 일순 정보 교류와 토론의 장이 되었다.

그 모습을 지켜보다가 퍼뜩 깨달았다. 음료는 최전방에 선 용사. 지독한 숙취에 맞서는 첫 번째 저항군! 그가 숙취와의 첫 싸움을 어떻게 해내느냐에 따라 정시 출근 여부와 해장 음식 메뉴 그리고 자숙의 기간이 달라진다. 그러니 이 첫 번째 용사의 전투력은 술꾼들에게 초유의 관심사가 될 수밖에 없는 것이다. 숙취를 빨리 없애줄 방도만 있다면 하찮고 비루한 몸뚱이 따위, 임상실험 대상으로 몇 번이나 내놓아도 좋을 만큼 간절한 문제. 해장 음료가 다른 쟁쟁한 해장 음식들을 제치고 가장 앞에 놓여야 하는 이유다.

잃어버린 수분을 찾아서

술을 마시면 우리 몸의 수분이 손실된다. 그렇다고 한다. 솔직히 말하면 나는 아직도 직관적으로는 이해를 못하고 있다. '내 몸 안에 액체를 몇 리터나 들이부었는데 수분이 부족하다는 거지? 화장실도 몇 번 안 갔는데?' 이거 너무 무식한 발언인가요…. 아무튼 전문가들에 따르면 수분을 잃고 나서 보충하는 것보다는 술을 마실 때 똑같은 양의 물을 마셔주는 게 좋다고 한다. 소주 한 잔을 마셨으면 곧바로 물 한 잔을 마시는 식이다. 그런데 이게 소주는 가능할지 몰라도 맥주는 될 리가 없다. 맥주로 이미 배가 부른데 어찌 물을…. 그리고 술자리에서는 술 마시고 안주를 먹고 쓸데없는 소리를 지껄이는 것만으로도 무척 바쁘다. 머리로는 알고 있어도 손이 결코 물잔을 향해 뻗어나가질 않는단 말이다. 이러니 해장이 필요한 아침을 맞이하는 거겠지만…. (쓰면서도 한심하군.)

다시 숙취의 아침으로 돌아가보자. 결국 많이 마셔버렸다. 지난밤 가열차게 잃어버린 수분을 지금이라도 몸 안에 다시 채워야 한다. 수분 보충도 보충이지만 화장실에 빨리 가기 위해서도 많이 마시는 게 좋다. 이른바 밀어내기 전법. 벌컥벌컥 많이 마셔서 몸 안의 알코올을 밖으로 빨리 내보낼 것! 이때 콩나물 시루를 머릿속에 떠올려보면 좋다. 콩나물 시루에 물을 쭉쭉 부으면 콩나물이 푹 적셔지고 바닥으로 물이 스르륵 빠져나오는, 이 일련의 과정을 연상하는 거다. 차갑고 신선한 물을 흠뻑 흡수한 콩나물, 얼마나 깨끗하고 건강한 느낌인가. 시들시들한 콩나물 시루(=내 몸)에 물을 준다고 생각하면서 마시면 훨씬 더 많이 마실 수 있고 기분도 한결 개운해진다.

그렇다. 역시 물이 최고다. 지금 이 글을 읽고 있는, 아주 높은 확률로 술꾼인 당신은 진작부터 생각하고 있었으리라. "최고의 해장 음료는 물이지!"

맞다. 나도 술꾼들이 등장하는 만화에서 주인공의 입을 통해 이렇게 밝힌 바 있다. "해장? 다 필요 없고 딱 세 가지뿐이야. 잠! 물! 똥!" 그 어떤 음료보다도 몸에 가장 좋은 건 물이라는 사실을 우린 이미 알고 있다. 알면서도 따로 해장 음료를 찾는다. 왜? 그게 물보다 잘 먹히니까. 생수 500ml 마시긴 힘들어도 음료수 500ml는 꿀떡꿀떡 넘길 수 있으니까!

입의 요구와 몸의 요구

나는 오랫동안 오렌지 주스파였다. 새콤한 액체가 목구멍을 타고 한 모금씩 내려갈 때마다 흐리멍덩한 정신이 조금씩 깨어나는 느낌이 들어서다. 내 친구 박의령은 '알코올의 짝꿍은 얼콜' 즉 얼음 콜라라고 말하고 난 뒤, 뜬금없이 라임을 맞춘 게 부끄러웠는지 아니면 나이 생각을 했는지, 탄산이 몸에 안 좋은 건 알지만 정신을 번쩍 차리기 위해 마신다고 변명하듯 덧붙였다. 출근길의 아이스 아메리카노는 정신차려파의 대표 주자로 자리잡은 지 오래인 듯하다. 하지만 자극적인 음료는 위에 부담을 주기 때문에 삼가야 한다고 경고하는 이들도 많다. 속쓰림의 역사가 20년을 넘어선 사십대 이상 연령층에서 주로 발견된다. 그들은 음료수 하나를 마시더라도 약리적 효능을 꼼꼼하게 살핀다.

그들이 첫째로 꼽는 음료는 역시 '갈아 만든 배'다. 배는 90%가 수분으로 이루어져 있어 갈증 해소에 좋고 알코올을 빨리 해독시켜주는 성분을 가지고 있다. 국내 술꾼들이 오랫동안 애음해온 이 고전적인 배 음료는 우연한 기회에 외국인을 통해 '숙취를 없애주는 코리안 매직 드링크'로 알려지면서 세계적인 인기를 끌었다. 그러자 회사는 발 빠르게 '갈아 만든 배 by 숙취비책'이라는 새로운 제품을 출시하기도 했다. 1996년, 그러니까 지금으로부터 24년 전 이 제품을 처음 개발하신 분은 짐작이나 했을까? 손님 접대에도 좋고 아이들 건강에도 좋은 배 음료를 만들었더니 훗날 웬 냄새 나는 술꾼들이 아침마다 반쯤 누워서 이걸 원샷 하는 광경이 펼쳐질 거라고 말이다. 그것도 전 세계적으로!

토마토 주스도 배만큼이나 인기가 좋다. 토마토

의 과당과 미네랄 효소, 비타민은 알코올을 분해하는 데에 탁월한 효과가 있다고 알려져 있다. 한국과 러시아 못지않게 한 술 하는 영국인들도 토마토 주스로 해장을 한다. 주스에 보드카를 넣는 게 살짝 특이점이기는 하지만…. 영국이 사랑하고 자랑하는 칵테일 '블러디 메리(Bloody Mary)'는 일종의 해장술인 셈이다.

'미숫가루에 꿀을 듬뿍 넣으면 최고'라는 제보도 받았다. 이것은 건강파 해장 음료의 끝판왕이 아닌가 싶다. 청량하고 상큼한 음료를 갈망하는 입에 미숫가루는 어쩐지 너무 텁텁하고 너무 무거운 것 같다. (그리고 왠지 '스뎅' 대접에 마셔야만 할 것 같다.) 하지만 몸의 입장에서 보면, 속이 불편해 음식을 먹기 어려울 때 여러 가지 몸에 좋은 곡물이 소화가 잘되는 형태로 들어오니 가장 부담 없고 편안할 것이다. 원래 입의 요구와 몸의 요구는 서로 다를 때가 많다. 혈기왕성한 삼십대까지만 해도 입의 요구에 따라 탄산음료도 마시고 아이스 아메리카노도 단숨에 들이켜곤 했으나 언젠가부터 슬그머니 냉장고에 배 음료를 채워놓고 미숫가루를 사다 놓을 생각을 한다. 해장술은 아예 생각도 하지 않는다. 몸의 요구를 들어주지 않으면, 몸을 살살 달래주면서 마시지 않으면, 몸이 파업을 선언하고 냅다 뻗어버린다는 사실을 겸허히 받아들이기 시작한 것이다.

그저 뭐라도 마실 것

해장 음료를 말하면서 이온음료를 빼놓을 수 없다. 게토레이, 파워에이드와 같은 이온음료도 해장음료 1순위로 숱하게 꼽힌다. TV 광고를 보면 언제나 활력 넘치는 젊은이들이 땀 흘려 운동한 후 호쾌하게 마시는 장면이 나오는데, 볼 때마다 궁금하다. 이온음료 주요 소비층을 운동인구와 술꾼인구로 나눈다면 어느 쪽 시장이 더 클까? 내 주변에는 땀을 흘려 운동하는 사람이 거의 없고 기초대사량이 무지하게 낮은 술꾼들밖에 없어서 술꾼인구가 우세한 것처럼 느껴진다. 그들의 냉장고에는 이온음료가 상비되어 있기 때문에 광고를 보고 있으면 '아니 도대체 누가 게토레이를 운동하고 마시지?' 의아하다. 이것도 일종의 확증편향이려나…. (그런데 정말로 술꾼인구가 더 많을 것 같지 않나요?)

이온음료는 1965년 미국의 한 교수가 미식축구팀의 경기력 강화를 위해 개발했다. 격렬한 운동을 하면 땀과 함께 우리 몸의 전해질이 빠져나가기 때문에 그것을 보충할 목적으로 만든 음료다. 이 말은 곧, 격렬한 운동을 하지 않는 보통의 사람들은 굳이 마실 필요가 없다는 뜻이다. 평상시에 많이 마시면 쓸데없이 당과 나트륨을 과잉 섭취하는 꼴이라고 한다. 그렇다면 숙취 해소에는 실질적으로 도움이 될까? 항간에는 파워에이드 600ml짜리를 사다가 자기 전에 70% 마시고 두 시간 자고 일어나 나머지 30%를 마시면 숙취에 즉효라는 구체적인 음용법도 떠돌았다.

동네 술친구가 말하기를, 게토레이 두 병을 사서 자기 전에 한 병 마시고 다음 날 아침에 한 병을 마시면 살 만하다는 거다. 정말 이온음료는 숙취 해소에 효과가 있는 걸까? 전문가들은 "약간은 된다."는 다소 김빠지는 대답을 내놓았다. 수분 보충이 되니까 도움은 되지만 그 효과는 물과 비슷한 수준이라는 것이다. 그렇다면 물을 마시지 왜 굳이 돈 주고 사 마시나 싶겠지만, 이온음료를 사서 마시는 행위 자체를 일종의 의식으로 간주하면 말이 안 될 건 없다. 평소에는 마시지 않는 짭짤한 액체가 목구멍을 타고 내려갈 때 ①내가 지금 술을 많이 마시긴 마셨구나 하는 통렬한 자각, ②약소하지만 이거라도 넣어드릴 테니 위장님과 간장님, 화를 풀어주세요 하는 간절한 반성, ③이걸 마시니 한결 좋아졌다는 플라세보 효과까지 단계적으로 느껴볼 수 있는 것이다. 게토레이 두 병이 숙취에 좋다던 친구 임유청은 슬쩍 말꼬리를 흐리며 이 말을 덧붙였다. "하지만 자기 전에 게토레이 한 병을 마실 정신이 있다는 건 덜 취했다는 거⋯."

빙고! 자기 전에 이온음료를 마실 정신이 있다면 애초에 덜 취한 거다. 실험 자체가 성립되지 않는다. 이온음료를 사러 편의점에 들어갔지만 '세계맥주 4캔 만 원' 코너로 홀린 듯 걸어가는 자만이 실험 대상자로서 정당한 자격을 갖춘 것이다. 파워에이드 비법? 아니, 어떻게 술에 취했는데 두 시간 자고 일어날 수 있단 말이냐! 세간에 떠도는 수많은 숙취 해소 비법들은 딱 절반쯤 걸러서 듣는 게 좋다. 게토레이 마시고 멀쩡해졌다 주장하는 자는 충분히 취하지 않았기에, 충분하고 충만하게 취한 오늘의 내가 똑같은 걸 마셔본들 아무 효과가 없는 것이다.

변하지 않는 진실은 딱 하나다. 많이 마셔야 한다는 것. 물이든 음료수든 동치미 국물이든 뭐든 무조건 많이 마셔서 알코올을 소변과 함께 몸 밖으로 내보낼 것. 나중에 속이 쓰리더라도 당장 오렌지 주스밖에 들어가지 않으면 그거라도 마시자. 알고 보면 소금물에 불과하지만 플라세보 효과라도 있다면 이온음료, 벌컥벌컥 마셔주자. 액체로 된 건 뭐든 다 좋다. 딱 하나, 술만 빼고!

약으로도 해장이 되나요?

그날의 숙취는, 차마 해서는 안 될 생각을 할 정도로 극심했다. '이럴 바엔 차라리 죽는 게 낫겠어.'

　　서른두 살 때의 일이다. 웹툰 작가로 데뷔하기 전까지 나는 직장인이었다. 직장생활 10년 내내 꾸준하고 성실하게 술을 마셨지만 특히 마지막 회사의 팀원들과는 술 궁합이 너무 잘 맞아서 2년 이상을 그야말로 무지막지하게 마셔댔다. 작은 잔에 따라 마시는 게 영 귀찮고 성에 안 차서 나중에는 각자 소주 한 병씩을 앞에 놓고 병째 마시기도 했다. 한평생 마신 술의 총합에서 족히 4분의 1은 이들과 마셨으리라.

　　아무튼 휴일 전날이라는 이유로 우리는 나라 잃은 백성들처럼 마셨던 게 분명하다. 그놈의 나라는 왜 매주 사달인지 모르겠지만…. 문제의 그날, 눈을 채 뜨기도 전에 역대급 숙취가 찾아온 것을 알아차렸다. 앞서 말했듯 해장의 3요소는 '잠, 물, 똥'이다. 그건 누구도 부정할 수 없는 사실이다. 하지만 숙취가 너무 심하면 잠조차 잘 수 없고, 물이 먹히지도 않으며, 화장실까지 기어갈 힘 또한 없다는 것이 뼈아픈 사실이다. 그저 인생에서 하루를 통째로 지워

내야 함을 받아들이고 침대에서 이리 굴렀다 저리 굴렀다 할 수밖에 없다.

정확히 어디가 발원지인지도 모를 통증을 조금이라도 줄여보고자 몸을 뒤틀고 있을 때, 배달 서비스 심부름 업체의 전단지가 내 눈에 딱 포착되었다. 새벽에 현관문 앞에 붙어 있길래 획 떼다가 식탁 위에 아무렇게나 던져둔 거였다. 당시에 한창 인기 있었던 서비스로, 편의점이나 식당에서 뭔가를 사다 달라거나, 세탁물을 찾아와 달라거나, 택배를 부쳐 달라는 등의 소소한 심부름을 요청하고 수수료를 지불하는 서비스였다. 1인 가구가 주요 고객이었기에 내 원룸 현관에도 붙어 있었던 것이다. 나는 천천히 몸을 굴려 침대에서 바닥으로 쿵 떨어졌다. 그리고 식탁 밑으로 기어가 한 팔을 위로 뻗어 전단지를 바닥으로 떨어뜨리는 데 성공했다. 그 일을 완수하기까지 꼬박 한 시간이 걸렸는데, 『변신』의 주인공 그레고리 잠자의 답답하고 절박한 심정을 뼛속까지 이해할 수 있었다.

마침내 전단지에 적힌 번호로 전화를 걸어 기어들어가는 목소리로 '술 깨는 약'을 사다 달라고 주문했다. 해장국이나 음료수 배달도 가능했지만 도저히 그런 것들로는 살아날 수 없는 상태였기에 곧바로 약물의 힘을 빌리기로 했다. 접수원에게 "술 깨는 약"이라고 발음할 때 내 입술과 혓바닥은 창피함 때문에 배배 꼬여들었다. 그래도 전화는 얼굴이 보이지 않으니 양반이었다. 이제 배달원이 약을 들고 올 것이다! 도대체 얼마나 마셨길래 술 깨는 약을 배달까지 시키나 한심해하겠지. 사력을 다해 몸을 일으켜서 주섬주섬 옷가지를 입었다. 거울 속에는 눈코입이 퉁퉁 부은, 초록색이 아닌 빨간색 슈렉이(발음 조심!) 고개를 가누지 못하고 있었다. 마스크를 꺼내 쓸까도 생각했지만 그러려면 또 한 시간이 걸릴 테니까 그냥 포기하고 문가에 앉아서 약이 오기를 기다렸다.

이윽고 노크 소리가 들렸다. 문을 열어주자 바이크 헬멧을 쓴 젊은 남자 배달원이 약 봉지를 쑥 내밀었다. 약값에 수수료를 더해 만 원 살짝 넘게 냈던 것 같다. 그가 내 몰골을 보고 비웃었는지 어쨌는지는 짙은 선팅의 헬멧 때문에 알 수 없었다. '헬멧이 짱이구나….' 그 순간 나라는 인간은 부끄러운 처지

같은 건 한순간 잊고 '오~ 술 먹고 얼굴이 또 이 꼴 나면 헬멧 쓰고 출근하면 되겠네. 하나 장만할까?' 이런 생각이나 하고 있었으니 술이 깼다고 봐야 하는지 덜 깼다고 봐야 하는지….

아무튼 배달원은 돌아갔고, 나는 황급히 약을 입에 털어 넣고 다시 자리에 누웠다. 얻어맞은 것 같기도 하고, 공중제비를 백번 돈 것 같기도 하고, 탈수기에 들어갔다 나온 것도 같은 통증이 약 기운에 잦아들길 기다리며 나는 이 심부름 서비스에 대해 생각했다. 참으로 편리하구나. 눈코 뜰 새 없이 바쁜 사람에게도 좋지만 혼자 사는 사람에게 특히나 유용한 서비스 아닌가. 아파서 꼼짝도 할 수 없을 때 약도 사다주고, 죽도 사다주고, 꼭 처리해야 할 간단한 업무도 대신 해주니 얼마나 편리한가. 얼마나 안심이 되는가. 사람이 손수 오가는 것치고 수수료가 많이 비싸지도 않았다. 옳거니! 이 사업은 번창할 것이다! 1인 가구 증가로 인해 더더욱! 일단 내가 애용할 것 같다! 앞으로 떡볶이도 배달해 먹고, 위급할 땐 이렇게 약도 사다 달래야지! 한밤중에 술이 부족한데 나갈 수 없거나 귀찮을 때 술을 주문해도 좋겠다!

생각할수록 괜찮은 사업 같은데 내가 확 뛰어들어 봐? 안 그래도 요즘 창업에 관심이 많은데?

　　시간이 이만큼 흐른 후 돌아보니, 그때는 흥할 수 있었는지 몰라도 지금은 시장에서 살아남기 어려운 사업일 것이다. 이제는 어플 하나만 깔면 떡볶이도 삼겹살도 아이스크림도 배달이 된다. 장 볼 시간이 없었다? 새벽배송이라는 게 생겨서 주문 후 몇 시간만 있으면 집 앞으로 아이스박스가 도착한다. 골목마다 생겨난 편의점은 또 어떻고. 편의점은 가히 만능이다. 택배도 부치고 은행 업무도 하고 상비약도 살 수 있다. 세탁 서비스를 도입한 곳까지 있다. 그리고 또 하나의 커다란 변화. 9년 전의 나는 "여기 지금 술이 덜 깬 여자가 혼자 있소." 떵떵 광고하며 전화를 하면서도 별다른 걱정이 없었다. 젊은 남자 배달원을 보고서도 창피하다고나 생각했지 무섭거나 긴장이 되진 않았다. 하지만 똑같은 상황인데 지금이라면 '나 혼자 산다'는 사실을 결코 드러낼 수 없을 것 같다. 긴밀한 생활 업무를 타인에게 맡기는 건 더욱 주저되는 일이고. 이런저런 이유로, 그때

심부름 사업에 뛰어들지 않은 게 천만다행이라고 생각한다. (뛰어들 자금도 전혀 없었지만 괜히 한번 으스대며 말해본다.) 그리고 결정적으로 나는 그 서비스를 두 번 다시는 이용하지 않았다. 왜?

약을 전부 토해버린 것이다. 힘겹게 구한 알약들이 반쯤 녹은 채로 입 밖으로 튀어나온 걸 물끄러미 내려다보아야 했다. 내 돈… 내 부끄러움… 내 미래 사업…은 아니고. 아무튼 그렇게 허망할 수가 없었다. 숙취가 너무 심하면 잠도, 물도, 똥도, 그리고 약도 소용없다는 걸 절실히 깨달은 순간이었다.

약을 사후에 먹는 게 아니라 사전에 먹는다면 소용이 있을까? 약국과 편의점은 지금 여명808, 컨디션 등 전통의 드링크제부터 각종 환, 앰플, 젤리, 가루약, 심지어 구소련 스파이들이 먹었다는 약(RU-21)까지 바야흐로 숙취 해소제들의 전쟁터다. 회식을 앞둔 직장인들은 여기서 모닝케어와 상쾌환을 장전, 그러니까 위장에 탈탈 털어 넣고 술자리라는 전쟁터로 우르르 몰려간다. 국내 숙취 해소제 시장이 매년 20%씩 급성장하고 있다는 건 그만큼 효과가 있다는 뜻일까?

　"숙취 해소제를 술 마시기 전에 미리 먹고 효과 본 사람 있어?" 술꾼 친구들이 모여 있는 단톡방에 물어보니 시원하게 답하는 친구가 없다. "글쎄…. 몇 번에 한 번쯤 이상하게 안 취하는 날이 있긴 했지만…." 결국 술이 이긴다는 결론이다. 나 역시 몇 번 먹어보았지만 제대로 효과를 본 적이 없다. 아무래도 그런 걸 먹으면 무슨 마법의 물약이라도 되는 듯 마음을 탁 놔버리고 술을 더 콸콸콸 들이붓게 되는 것 같다. 약이 아무리 잘나도 술의 힘이 더 센 건 자명한 이치…. 보조제로 대비하는 마음가짐은 좋지만 그거 믿고 너무 달리지는 맙시다, 여러분.

　그건 그렇고 갑자기 생각이 났는데, 나는 역대급 숙취가 도래했던 그날 저녁에 또 술을 마셨다. (맙소사.) 저녁에 술 약속이 있었기 때문에 어떻게든 살아나보려고 술 깨는 약을 배달시켜 먹기까지 한 것이다. 아아…. 새삼스럽지만 참으로 한심한 인생을 살았군요…. 하지만 세상 사람들 모두가 나를 비웃고 혀를 차도 남편만은 나를 비난할 수 없다! 그

날 저녁 술 약속이 바로 지금 남편과의 데이트였으니까! 그때는 연애 초반이었는데 도저히 숙취 때문에 데이트를 취소한다는 말을 할 수가 없었다. 애초에 데이트 전날 왜 나라 잃은 백성처럼 마셨는지 물으신다면 딱히 할 말은 없습니다만….

나의 편애하는 평양냉면

평양냉면처럼 호불호와 기호가 확실한 음식도 드물다. 일단 불호의 비율이 낮지 않다. "밍밍한 게 당최 무슨 맛인지 모르겠다."고 하는 사람이 적지 않은데(처음엔 나도 충격적으로 맛이 없었다.) 여느 음식에 비해 평양냉면은 이 '호' 쪽에 있는 사람이 '불호인'을 들들 볶는다는 점이 특이하다면 특이하다. 칼국수를 안 좋아한다는 사람 앞에서 왜 칼국수를 안 좋아하냐고, 칼국수가 얼마나 맛있는 줄 아냐고 열변을 토하는 사람이 과연 얼마나 있을까? 대부분의 음식은 "그렇구나." 하고 넘어가기 마련이다. 한데 평양냉면은 그렇게 호락호락 넘어가지지 않는다. "원래 처음엔 다 그래! 나도 그랬어! 하지만 먹다 보면 오묘하고도 깊은 맛에 푹 빠지게 된다니깐? 천지개벽이 일어난다고!" 안타깝게 부르짖으며 저 혼자 가슴을 퍽퍽 친다. 평양냉면의 당최 알 수 없는 맛이 어느 순간 인생 최고의 맛으로 전환되는 놀라운 경험을 본인이 직접 해봤기 때문이다. 그래서 혼자 답답한 것이다. 그 드라마틱한 순간을 상대에게도 선사하고 싶어서.

여차저차 호의 영역으로 넘어오면 또 구체적인

기호의 문제가 있다. 하여간 냉면처럼 말 많은 음식도 없을 것이다. 식당에서 김치찌개나 갈비탕을 먹는다 치자. 대부분은 맛이 있다, 없다 정도를 간단히 품평하고 만다. 조금 더 말해봐야 "이 집 고기는 누린내를 잘 잡은 것 같아."라든가 "김치찌개를 먹으니 을지로 '은주정'이 생각나네. 거기 진짜 맛있는데." 이런 정도일 것이다. 그런데 평양냉면 앞에서는 저마다 꼭 한마디씩 하게 된다. 냉면 육수는 역시 양지로 해야 깨끗하다느니, 잡뼈 우려낸 육수에 동치미 맛이 은근히 나는 게 좋다느니, 오늘 국물에는 겨자를 좀 더 푸는 게 나을 것 같다느니, 이 면은 전분 함량이 높은데 나는 메밀이 90% 정도인 게 좋다느니 하면서 떠들기 바쁘다. 그래서 평양냉면 애호가들은 '부심'이 강하고 유난스럽다는 핀잔을 듣기 일쑤다.

맞는 말이다. 평냉 애호가들이 좀 시끄럽긴 하다. 하지만 한편으론, 냉면가게 안에서 냉면 애호가들이 유난스럽게 구는 게 당연하지 않은가? 그럴 수 있을 만큼 평양냉면에는 다양한 맛이 존재하고 집집마다 제조법도 개성도 다르다. 같은 평냉 애호가라 해도 선호하는 맛에 따라 우래옥파, 을지면옥파, 을밀대파, 평래옥파 등으로 갈린다. 모여 앉았다 하면 할 말이 얼마나 많겠는가 말이다. "최근에 어디 가봤어?" "강남 쪽 신흥 강자는 어디야?" "아무개 집 육수 맛이 변했다는데 정말이야?" 등등….

그리고 아무리 평양냉면의 인기가 커지고 있다한들 여전히 한국은 쫄깃한 면발의 함흥냉면이 대세이자 주류다. 전국 분식집과 마트 냉면 시장을 점령하고 있는 건 예나 지금이나 함흥식 냉면. 서울을 벗어나면 평양냉면집은 찾아보기도 어려우며, 그마저도 여름에만 장사가 좀 된다고 한다. 평양냉면은 목소리만 와글와글 높을 뿐 실제로는 비주류인 것이다. 그러니 비주류끼리 모여 앉아 반가운 마음에 좀떠들 수도 있잖아요? 불호인에게 호를 강요하거나이렇게 먹어라 저렇게 먹어라 잔소리하는 게 아니라면 상관없잖아요?

아…. 지금 제가 은근슬쩍 호를 강요한다고요? 틈만 나면 집요하게 평양냉면을 영업하지 않았냐고요? 가만 생각해보니 그랬던 것 같네요. 이 자리를 빌려 반성합니다….

　　내가 평양냉면을 사랑하는 이유는 해장으로 완벽한 음식이기 때문이다. 냉면 한 그릇을 비우는 전체 과정이 해장에 딱 최적화되어 있다. 먼저 메밀향이 은은하게 풍기는 면수를 홀짝거리며 냉면이 나오기를 기다리는 것부터가 시작이다. 메밀면을 삶은 면수는 숭늉처럼 구수하고 따뜻해 과음으로 뒤집힌 속을 살랑살랑 달래준다. 이윽고 냉면이 나오면 그릇을 두 손으로 단단히 받쳐 들고 국물부터 쭈우우욱 마신다. (나는 이때 거의 3분의 1을 마시기 때문에 얼음 없는 적당한 온도의 국물을 선호한다.) 입안에 맴도는 고기육수 맛과 동치미 맛을 천천히 음미한다. 시원한 국물은 위장으로 내려가 술의 화기를 가라앉혀준다.

　　이제 취향에 맞게 식초와 겨자로 간을 한 뒤 면을 먹기 시작한다. 후루룩후루룩. 면발이 툭툭 잘 끊기기 때문에 안면에 과한 힘을 줄 필요가 없다. 바닥에 누워 있던 업소용 바람인형에 공기를 주입하면 밑에서부터 슬금슬금 몸이 펴지다가 일순 팽팽해지듯이, 숙취에 절어 구겨져 있던 몸이 탄수화물의 투

입으로 서서히 깨어난다. 정신이 또렷해지고 속도 편안해진다. 고명으로 올린 고기는 면을 다 먹은 후 꼭꼭 씹어주는 게 좋다. 그러고 나서 마지막으로 남은 국물을 그릇째 들고 마신 뒤 테이블에 탁 내려놓으면 탄성이 절로 나온다. 다 풀렸다! 나는 시방 숙취에서 자유로워졌어! 포만감에 한숨을 폭 내쉬고 주위를 둘러보면… 다른 테이블에는 전부 편육과 소주가 보인다? 헉!

이 순간 동공이 심하게 흔들리지만, 해장하러 가서 술을 시키는 우매한 짓은 절대 하지 않기로 다짐했으므로, 거기서 꿋꿋하게 멈춘다. (왜? 빨리 말짱해져서 저녁에 또 마셔야 하니까!) 대신 머릿속에 잔상을 담아두고 있다가 며칠 내에 다시 가서 그땐 제대로 술을 마실 것이다. 내 인생에서 가장 빈번하고 요긴하게 쓰이는 사자성어, 선주후면(先酒後緬). 편육 또는 수육에 소주 반 병 마시고 나머지 반 병은 냉면과 느긋하게 즐긴다. 고기와 면과 김치와 국물이라니, 소주 안주 4대천왕이 한데 모여 있는 형국이다. 촉촉하게 잘 삶은 고기와 면을 한 젓가락에 잘 집어서 입안 가득 넣고 우물우물하면 세상을 다 가진 기분이다. 이때 옆 테이블을 흘깃 보면 십중팔구 해장으로 냉면 국물을 들이켜고 있는 숙취인들이 있기 마련. 쯧쯧…. 적당히 마시지 그랬어요. (하지만 너무 우쭐댈 것은 없다. 내가 다음 턴에 좀비처럼 머리를 흔들며 해장할 때, 이번엔 그들이 나를 가련하다는 듯 바라볼 테니까.)

각설하고, 평양냉면은 해장으로 완벽하고, 안주로도 빼어난 음식이다. 해장하러 가면 다음번 안주로 다짐하고, 안주로 먹고 있으면 다음 해장을 은근히 기대하게 된다. 안주와 해장이라는 두 축을 오가는 순환선 같은 존재. 가만! 평양냉면을 일단 좋아하게 되면 최고의 안주, 최고의 해장 음식 두 개가 동시에 생기는 거잖아? 일거양득! 일타쌍피! 이래서 내가 사람들에게 평양냉면을 끈질기게 영업하고 있던 거였다. 한낱 부잡스럽고 시끄러운 평빠에게 실은 이렇게나 깊은, 하해와 같은 속뜻이 있었거늘…. 나 반성 안 합니다! 못해요! 평양냉면이 최고야! (쩌렁쩌렁)

국수를 사랑할 수밖에 없는 이유

"부드럽고 수수한 것. 고담하고 소박한 것." 백석의 시에서 국수는 이렇게 묘사된다.

맞다. 국수는 부드러워서 좋다. 이가 약한 노인과 어린이도 수월히 먹을 수 있는 음식이다. 그래서인지 감기 같은 걸로 된통 아프고 나면, 또 지독한 숙취가 있을 때에도 국수 생각이 간절해진다. 몸에 힘이 없고 속은 시끄럽지만 뭘 좀 먹긴 먹어야 할 때, 바다 내음이 물씬 풍기는 바지락칼국수, 진하고 칼칼한 장칼국수, 맑고 개운한 쌀국수가 파노라마처럼 머릿속에 스치운다. 살얼음이 낀 김치말이국수나 동치미국수는 떠올리기만 해도 머리가 쩽 하고 벌써 술이 깨는 기분이다. 입이 쓰고 무거워 음식을 씹는 일조차 힘들 때에도 국수 가락 정도는 입에서 몇 번만 우물거리면 된다. 국수는 순순하게 금방 끊어져 위장으로 부드럽게 흘러 들어와 가만가만 소화가 된다. 편안하고 다정하다. 환자나 다름없는 술꾼에게 이만한 회복식이 또 있으랴.

그런 국수가 늘 가까이 있어서 좋다. 추울 땐 김이 모락모락 피어오르는 뜨끈한 국물이 반갑고, 더울 땐 이가 시릴 정도로 시원한 국물이 갈증을 단박에 풀어주니 고맙다. 날씨와 상관없이 몸의 사정이 오락가락하는 술꾼이 한여름 기력이 없어 뜨거운 국물을 원할 때에도, 한겨울이지만 화기가 올라 차가운 국물을 원할 때에도 비교적 쉽게 국수 파는 가게를 찾아내 먹을 수 있으니 다행이다. 돈이 없으면 없는 대로 3,000원짜리 멸치국수가 도처에 있고, 주머니 사정이 괜찮을 땐 한 그릇에 10,000원이 넘는 안동국시로 호사를 부려볼 수도 있다. 3,000원짜리도 10,000원짜리도, 한 그릇 깨끗하게 비우고 나면 우열을 가릴 것 없이 만족스럽다.

국수는 또한 간소해서 좋다. (물론 집에서 만들자면 육수 내고 면 따로 삶고 고명 만드는 일이 결코 간단하지 않다.) 별다른 반찬도 필요 없이 '딱 한 그릇'으로 간소한 게 좋다는 뜻이다. 숙취는 왜 오는가? 너무 많이 먹고 너무 많이 마셔서 아닌가. 그렇지 않아도 지난밤 술과 음식을, 시간과 체력을, 너무 많은 말을 남용했다는 후회와 죄의식이 목구멍을 콱 틀어막고 있는 아침. 할 수 있는 한 수수하고 소박한 밥상 앞에 앉고 싶다. 국수는 한 그릇 배불리 먹어도 테이블에 남는 건 달랑 대접 하나, 수저 한 벌. 고작해야 김치 종지 하나. 지난밤의 넘침을 반성하며 몸과 마음을 가다듬는 식사로 국수는 제격이다.

하여 술꾼들은 국수로 해장하기를 좋아한다. 아침마다 전국 각지의 술꾼들이 국수와 라면과 짬뽕 면발을 후루룩후루룩 흡입하는 소리와 에너지를 모으면 전력도 생산해낼 수 있을 것이다. 국수가 사랑받는 이유, 또 뭐가 있을까? 해장에는 국물이 정답이니까? 요즘 외식비에 비하면 상대적으로 저렴하니까? 주문하면 빨리 나와서? 숙취 때문에 세상 힘들고 귀찮은데 국수는 젓가락 하나만 쥐고도 먹을 수 있으니까? 조금씩은 다 지분이 있겠지만, 뭐니 뭐니 해도 가장 큰 이유는 '맛있으니까'가 맞겠지. 국수는 맛있다. 그런 데다 다정하고 친근하니, 숙취라는 천형을 받아 구원을 갈구하는 술꾼들이 딱 항복하고 마음을 내줄 수밖에 없는 것 아닐까.

전국~ 해장국 자랑! ♪

빠 빠빠 빠 빠빠~ 빠~ 빠라빱 빠라빱 빠라빱 빱 빠 빠~ 전국에 계신 술꾼 가족 여러분, 안녕하셨습니까? 그리고 오늘도 지구촌 곳곳에서 열심히 살아가시는 우리 해외 동포 여러분, 해외 근로자 여러분, 또 푸른 대해를 가르는 외양 선원 여러분, 원양 선원 여러분, 항공인 여러분, 대한민국 국군 장병 여러분 안녕하셨습니까? 전국~ 해장국 자랑! 금요일의 여자 미깡이 인사부터 올리겠습니다.

오늘은 특별히 노래가 아니라 이야기 자랑이 되시겠습니다. 전국 각 지역의 주민들이 내 고장의 해장 음식을 소개하고 또 마음껏, 편파적으로 자랑하는 시간입니다.

자, 그럼 추첨을 통해 순서를 정하겠습니다. 어디 보자, 첫 번째 무대는… 강원도입니다! (일동 박수)

참가번호 1번 강원도

안녕하셨드래요. 강원도 거진해수욕장 앞에서 조그만 횟집을 하고 있는 서락산(45)이래요. 우리 강원도는 바닷가를 중심으로 다양한 생선탕이 마이 발달되어 있습니다. 곰칫국이라고 들어보셨지요? 흐물흐물한 곰치와 잘 익은 김치를 넣고 시원하게 끓여낸 거인데, 아주 속이 확 풀리는 맛입니다. 속초 쪽에 가시면 꼭 한번 드셔볼 일이고요. 또 우리 강원도에서는 대대로 명태도 마이 잡히기 때문에 오래전부터 황태해장국이 참말로 인기입니다. 황태가 해독 작용이 있어서 숙취 해소에 탁월한 건 마카 알고 계시지요? 뽀얗게 끓인 황태국 한 그릇 싹 비우고 자리에 둔누면 숙취도 감기도 싹 떨어져나갑니다. 요즘은 전국 어딜 가나 황태해장국을 볼 수 있지만 우리 강원도가 원조라는 사실을 꼭 기억해주시기 바랍니다.

그 밖에 강원도 내륙에서는 달팽이해장국도 잘 먹고요. 아니, 왜들 소스라치시는지…. 아하! 그 달팽이가 아니라요, 거 머이나, 다슬기를 우리는 달팽이라고 불러요. 비슷하게 생겼단 말예요. 강원도 산간을 굽이쳐 흐르는 하천들이 워낙 맑고 깨끗하다 보니 이 다슬기해장국이 발달을 했지요. 깔끔하고 시원해서 해장에 아주 좋드래요.

저 개인적으로는 섭을 가장 추천하고 싶습니다. 자연산 홍합을 우리 고장 사람들은 섭이라고 하는데요, 바닷속에서 몇 년씩이나 자란 걸 해녀들이 잠수해서 캐 오는 거라, 일반 양식 홍합이랑은 차원이 달라요. 크기도 훨씬 크고 색깔도 맛깔스러운 주황색이고 아주 쫄깃쫄깃하단 말이에요. 물에 이것만 넣고 끓여도 속이 확 다 풀려요. 섭으로 죽도 끓이고 무치기도 하지만 그냥 섭만 폴폴 끓여내는 게 진짜 바다의 맛이 나고 해장에도 최고입니다. 자연산 섭은 우리 강원도에서만 드실 수 있으니 (두 팔 번쩍) 꼭 놀러 오드래요~

참가번호 2번 제주특별자치도

안녕하우꽈? 제주에서 온 아즈망 고소리(39)이우다. 우리 제주도의 해장 음식은 고기부터 해산물까지 무척 다양한 재료로 만듭니다. 소고기와 당면, 콩나물을 듬뿍 넣고 칼칼하게 끓여내는 소고기해장국, 걸쭉하고 배지근한 맛이 일품인 고사리육개장은 전국적으로도 대단한 인기를 끌고 있고요. 국물이 진한 순댓국, 고기국수도 제주에서는 일상적인 해장 음식이지요. 다른 지역에서 보기 힘든 해장국으로는 몸국이란 게 있수다. 톳이랑 비슷하게 생긴 해조류 모자반을 제주에서 '몸'이라고 부르는데, 돼지육수에 몸을 넣고 끓인 몸국은 제주의 대표적인 향토음식 중 하나입니다. 배 속 깊이 시원해지는 맛이 해장으로 촘~말로 좋수다.

또 우리 섬사람들은 생선국을 즐겨 먹지요. 갈칫국이나 옥돔미역국은 많이 들어보셨을 거예요. 그렇다면 여러분, 각재기국도 아시나요? 각재기는 전갱이를 말하는데, 이 전갱이라는 생선이 워낙 부패가 빨라서 해안지역에서만 먹을 수 있거든요. 전갱이, 얼갈이 배추에 된장을 넣고 맑게 끓인 게 각재기국이에요. 원래 맑은 지리탕은 생선이 신선해야만 가능한 것 잘 아실 거예요. 비리지 않냐고요? 전혀요. 얼마나 코소롱하고 시원한지 몰라요. 술 드시고 속이 아플 때는 매운 국물보다는 담백하고 깔끔한 지리가 좋지요.

그러니 육지 분들, 제주도에 오시면 여기서만

드실 수 있는 청정 해산물 실컷 드시고 시원하게 해장합서!

참가번호 3번 경상도

안녕하십니까. 마, 경상도 대표로 나온 갈맥이 (52)입니다. 경상도는 조선시대 이전부터 국에 밥을 말아 먹는 탕반 문화가 발달했다 아입니까. 제일 유명한 건 역시 돼지국밥인데, 경상도 내에서도 지역에 따라 특징이 조금씩 다릅니다. 설렁탕처럼 뽀얗게 끓이는 데도 있고, 곰탕처럼 맑게 끓이는 데도 있고, 향신료랑 내장을 뚝배기에 넘치도록 왕창 넣는 곳도 있는데, 어떤 거든 이 돼지국밥은 경상도인의 소울푸드 넘버원이 아닐 수 없습니다.

허영만 작가는 만화 『식객』에서 이렇게 말하기도 했습니다. "소 사골로 끓인 설렁탕이 잘 닦여진 길을 가는 모범생 같다면, 돼지국밥은 비포장도로를 달리는 반항아 같은 맛이다." 크! 명문입니다. 돼지 사골 육수에 편육과 내장을 듬뿍 넣은 돼지국밥은 확실히 터프한 느낌이 강하지만 요즘은 돼지 누린내를 없애는 노력도 많이 하고 있어서 남녀노소 누구나 즐겨 찾고 있다 아입니까.

또한 경상도는 남해와 동해에 좋은 어장을 접하고 있어서 바닷가 가까운 지역에서는 대구탕이나 복국 같은 바닷고기 음식이 발달을 했습니다. 여기 계신 모든 분들이 다 자기 고장 음식이 해장으로 최고라고 하시지만, 솔직히 복국을 이기는 해장국이 대한민국에 또 있습니까? 도다리쑥국은 어떻고예? 장엇국은요? 그뿐이 아닙니데이. 멸치나 조개로 육수를 시원하게 뽑아내는 칼국수도 해장으로 최고지요. 그러고 보니 밀면으로 해장하는 사람도 많다 아입니까? 경남 하동 쪽으로 가면 정구지를 띄워 먹는 재첩국이 숙취 해소의 일등공신이고예. 경상도 음식은 맛이 없다고 쉽게 말씀하시는 분들이 많은데, 솔직히 섭섭합니다. 잘 둘러보면 맛깔난 향토 음식과 몸에 좋은 해장 음식이 많이 있으니 마, 선입견을 버리고 우리 경상도 음식도 맛있고 건강하게 즐겨주시길 바랍니데이.

참가번호 4번 충청도

안녕하셔유? 충남 부여에서 온 이미부여(25) 인사드려유. 지는 여기 올 때 서산을 경유해서 맛있는 점심을 먹고 왔는데유. 여러분, 서산 하면 뭐가 떠오르세유? 맞아유, 꽃게지유. 된장과 단호박으로 깊고 구수한 맛을 내는 충청도식 꽃게탕, 생각만 해도 군침이 흐르잖어유?

꽃게는 우리 도에서 선정한 '충남 대표 수산물'이기도 합니다. 꽃게뿐 아니라 서해 전역에서 대하, 바지락, 주꾸미 등 해산물이 풍부하게 나다 보니, 이것들을 활용한 각종 국물 요리를 해장 음식으로 즐겨 먹게 되었지유. 그중에서도 제가 가장 자랑하고 싶은 건 박속낙지탕이유. 속을 긁어 낸 박 속에 다양한 채소와 바지락, 서해 갯벌에서 잡은 산낙지를 넣어 끓이는 향토음식인데, 이 박이 무지하게 시원한 맛을 냅니다. 낙지를 다 건져 먹고 칼국수를 넣어 끓이면 아주 든든한 한 끼 식사가 되지유. 조선시대 때 서산으로 낙향한 선비들이 즐겨 먹던 음식으로, 밀국낙지탕이라고도 합니다. 아주 별미쥬. 여적 안 드셔보셨으면 꼭 드셔보셔유.

반면 충청북도는 우리나라에서 유일하게 바다에 접하는 면이 없는 내륙지방이다 보니 산간에서 나는 산채를 중심으로 요리가 발달했습니다. 호박지찌개, 청국장찌개, 수제비 같은 음식들이 담백하고 구수허니 맛있어유. 또 냇가에서 민물새우, 민물장어, 메기, 쏘가리, 올갱이 등이 많이 나기 때문에 매운탕이나 어죽도 발달을 했구유. 저는 앉은 자리에서 한산소곡주를 두 병밖에 마시지 않는 평범한 사람이다 보니 해장을 거의 하진 않지만 (아니 왜유? 왜 웃으세유?) 가끔 속이 아플 때는 엄마가 올갱이 넣고 휘휘 끓여주시는 날떡국이 가장 좋더라고유.

전반적으로 우리 충청도 음식은 원재료의 맛을 살려서 담백하고 소박합니다. 해장 음식은 뭐니 뭐니 해도 속을 편안하게 해주는 게 으뜸 아니겠어유? 그러니 해장을 하실 때에도, 또 평소에도 우리 충청도 음식 많이 사랑해주셔유~

참가번호 5번 전라도

안녕하세요. 쩌그 나주에서 온 전나맛(40)입니다. 아따, 전라도는 잘 아시겠지만 우리나라에서 음식문화가 가장 발달한 곳입니다. 드넓은 호남평야, 따뜻한 기후, 바다와 넓은 갯벌. 긍께 이거면 설명이 다 되는 것 같아부러요. 산물이 워낙에 풍부하다 보니 음식의 종류와 풍류가 겁나게 다양하죠잉. 화려하기도 하고요. 먹을 게 많으니 한 상 가득 반찬을 놓고 먹는 백반 문화가 발달을 해서, 해장국 같은 탕 문화는 그다지 발달하지 않았어라. 그래봤자 전주의 콩나물국밥, 남원의 추어탕, 나주 곰탕 정도가 있으려나. 야? 갸들이 지금 전국을 씹어먹고 있다고요? 그렇죠. 그렇기는 하지만 전라도의 어마무시하게 다양하고 맛있는 음식들에 비하면 새 발의 피라 이겁니다. 아따, 이걸 일일이 다 나열할 수도 없고 말이쥬.

그럼 전라도의 유명한 음식 말고, 제가 일상적으로 먹는 해장 음식은 뭐냐고요? 그야 거시기, 설탕국수지라. 만들기도 겁나게 간단해부러요. 소면 삶고, 찬물에 헹구고, 설탕 뿌려서 먹는 거예요. 아니 뭐 땀시 웅성거리는 거죠? 산물이 풍부하고 화려한 음식문화를 자랑한다면서 왜 설탕국수를 먹냐고요? 크~ 뭘 모르시네. 원래 역사적으로 가장 오래된 해장 음식은 설탕물이에요. 그러니 지금도 꿀물이 인기인 거고요. 옛날에는 왕후장상이 아니면 감히 엄두도 못 내는 게 설탕이었다고야. 숙취가 있다? 설탕국수에 물 붓고 얼음 띄워서 시원하게 먹으면 해장에 아주 직방이에요. 한번 드셔보세요. 얼마나 달달하고 시원한데요. 근데 우리 고향 사람들은 전부 설탕국수 먹고 자라서 잘 아는디, 여러분은 정말 이걸 모르셨다고라? 왐마! 지금 언능 가서 과음하시고 내일 아침에 설탕국수 잡솨봐요. 무릎을 탁 치게 된다니께요!

참가번호 6번 서울/경기도

반갑습니다. 마지막 참가자, 서울/경기도 대표 설포화(36)입니다. 경기도는 워낙 내륙부터 해안까지 넓게 포진한 지역이라 해장 음식이라고 한두 개를 콕 집어내기가 어렵습니다만, 크게 위아래로 나눈다면 경기 북부는 내장과 선지에 고추씨를 넣고 칼칼하게 끓여내는 양평해장국, 경기 남부는 수원을 중심으로 소고기와 선지를 진하게 끓이는 스타일의 해장국이 주를 이루고 있습니다. 특히 이 양평해장국은 경기 지역을 훌쩍 뛰어넘어 전국적으로 명성을 떨치고 있어서 우리 지역의 자랑이 아닐 수 없습니다.

서울의 대표적인 해장 음식으로는 유명한 청진동해장국과 설렁탕이 있습니다만 저는 이 둘뿐이라고 생각하지 않습니다. 지금까지 나오신 분들은 해장국 자랑이 곧 그 지역의 특산품 자랑이기도 했는데, 솔직히 서울은 자체적으로 나오는 산물은 뭐 없다고 볼 수 있습니다. 하지만 오랫동안 나라의 중심 도시였기 때문에 전국 각지의 산물들이 전부 올라와 다양한 음식을 만들고 발전시킬 수 있었습니다. 따라서 앞에서 말씀하신 복국, 북엇국, 콩나물해장국, 칼국수, 곰탕 등등 대부분의 해장 음식을 서울에서도 현지 맛 그대~로 맛보실 수 있다는 게 서울의 자랑이며… (웅성웅성) 네? 현지의 맛은 절대 따라갈 수 없다고요? 어디서 까불고 있냐고요? 네…. 맞는 말씀입니다. 현지에서 수확하고 잡아 올린 신선한 재료, 대대로 전수되어온 조리법, 또 지역 특유의 공기며 냄새며 분위기 등등이 다 맛에 작용을 하겠지요. 방금 그 말은 바로 취소하겠습니다.

그럼 서울만이 자랑할 수 있는 건… 아! 생각났습니다! 바로 냉면! 모름지기 서울 경기 지역의 술꾼이라면 평양냉면 육수가 해장에 최고라는 데 이견이 없을 줄 압니다. 맵지도 짜지도 시지도 않고 적당히 슴슴하고 차가운 육수를 쭈우욱 들이키고 면을 후룩후룩 넘기면 크흐~ (웅성웅성) 네? 냉면이 평안도와 함경도의 음식이지 어째서 서울 음식인 양 잘난 척을 하냐고요? 그, 그건 냉면이 서울 지역에서만 유독 발달을 했으니까… 네? 진주에서 오셨다구요? 그, 그렇죠. 진주냉면 훌륭하죠. 밀면이요? 으으… 알았어요, 알았다구요! 서울은 사실 별거 없어요. 됐나요? 히잉…. 왜 나만 미워해!? (울면서 달려나간다.)

아~ 아~ 장내에 작은 소란이 있었습니다마는, 무대 뒤에서 우리 출연진들이 설포화 씨를 따스하게 안아주고 있습니다. 참으로 마음까지 넉넉하신 우리 출연진들이 아닐 수 없습니다. 자, 여러분, 어떠셨습니까? 즐거우셨나요? 오늘 이 자리에서 미처 다루지 못한 지역의 주민들께서는 속상한 마음도 있으실 겁니다. 다 제가 과문한 탓으로, 다른 좋은 기회에 꼭 소개토록 하겠습니다.

오늘 특별히 편성된 '전국 해장국 자랑'은 승자도 패자도 없습니다. 우리의 훌륭한 음식 문화, 대대손손 음식을 나눠온 이웃들을 아끼고 자랑하는 그 마음들이 모두 1등 아니겠습니까? 앞으로 내가 사는 고장뿐 아니라 다른 지역의 음식에도 관심을 갖고 두루두루 드셔보시기를 바라며, 이것으로 금요일의 여자 미깡은 물러가도록 하겠습니다. 전국~ 해장국 자랑!

빠 빠빠빠 빠 빠빠빠~ 빠~ 빠라빱 빠라빱 빠라빱 빱 빠 빠~

나 양평해장국세권에 산다!

토요일 새벽까지 내처 마시고 다들 내 방에서 잠이 들었다. 해가 중천에 뜨자 누군가가 희미한 목소리로 해장을 하자고 했고, 다른 누구는 라면을 끓이자고 했으며, 나는 새벽에 이미 당신들이 내 집의 라면을 탈탈 털어 먹었음을 상기시켜주었다. 잠시 침묵이 흐르고, 잠이 덜 깬 얼굴에 침도 좀 흐르고, 숙취의 시간이 속절없이 흘렀다. 그 상태로 한 시간쯤 더 지났을까. 가수면 상태로 몸을 뒤척이던 우리는 허기를 더는 참을 수 없었다.

해장을 하러 나가기로 했다. 내가 당연하고 당당하게 콩나물해장국집을 향해 걸음을 옮기자 친구들이 팔을 붙들고는 양평해장국집으로 이끌었다. 맛있으니까 제발 시도 좀 해보라는 말과 함께. 저항할 기운이 콩나물 한 가닥만큼도 없던 나는 순순히 끌려갔다. '그래, 뭐. 해장국집이니까 콩나물이나 황태해장국도 있겠지.' 하지만 메뉴판에는 오직 해장국과 내장탕뿐이었다. 눈에 힘을 빼고 계속 보고 있으면 매직아이처럼 '콩나물'이란 글자가 보이기라도 할 것처럼 메뉴판에서 눈을 떼지 못했다. 진짜야? 진짜 이것밖에 없어? 라면도 강탈당하고 내 속은 지금 뒤집어지기 일보 직전인데 이게 유일한 선택지라고? 속도 머리도 시끄러웠다. 친구들의 채근에 할 수 없이 나도 해장국을 주문했다. 채소만 건져 먹지 뭐, 생각하면서.

이윽고 거무죽죽한 선지 덩어리와 음침하게 생긴 내장들, 그 사이를 마구 휘감고 있는 우거지와 콩나물, 피처럼 붉은 고추기름이 부글부글 끓고 있어 마치 지옥탕의 미니어처 같은 것이 한 그릇 내 앞에 놓였다. 마른침을 한번 삼켰다. 한창 마실 나이 서른 살이었고 자타공인 이 구역의 미친 술꾼이었지만, 해장국 앞에서만은 '쪼렙'이었다. 선지도 내장도 못 먹었기 때문이다. 바싹 구운 소곱창이나 진한 양념에 볶은 돼지곱창 정도는 몇 점씩 먹었지만 물에 빠진 내장들은 보기만 해도 속이 울렁거렸다. 선지는 또 어떻고! 어릴 때 시장에서 본, 커다란 드럼통에 질퍽하게 담아놓고 팔던 그 시뻘건 핏덩어리가 자동으로 연상되어 쳐다보기도 싫었다. 이런 내게 선지와 내장이 듬뿍 들어간 양평해장국이 기피음식 1호인 건 너무나 당연한 일이었다. 험악하게 생긴 등뼈를 요리조리 훑어야 하는 뼈해장국도 썩 좋아하지 않았다. 가장 좋아하는 해장 음식은 콩나물해장국이 아니라면 차라리 라면이었다. 비위가 약하기도 했고 고기보다는 채소나 해산물을 선호하는 식성이었다. (다시 한번 말하지만 10년 전의 이야기다.)

　국물을 떠서 조심스럽게 입에 넣었다. 오, 일단 고기 누린내는 없었다. 삭은 고추 다대기를 국물에 풀었더니 칼칼해지는 것이 입맛에 더 잘 맞았다. 본격적으로 팔을 걷어붙이고 콩나물과 우거지와 국물을 흡입했다. 흰 밥에 잘 익은 깍두기도 맛이 좋았다. 그러나 국물과 채소를 먹으면 먹을수록 상대적으로 선지와 내장들이 뚝배기 안에서 봉긋하게 솟아오르며 자꾸만 시선을 빼앗았다. 비린 맛 하나 없이 시원한 국물에 만족하여 마음이 유순해진, 그리고 아직 배가 다 차지 않았던 나는 숟가락으로 선지를 톡톡 건드려보았다. 푸딩처럼 말캉했다. 한번 먹어볼까? 친구들을 힐끔 보았더니 다들 뚝배기에 코를 박다시피 하고 숟가락을 놀리고 있었다. 혹시나 뱉어내는 일이 생겨도 들키지 않을 것 같았다. 조심조심 선지를 도토리 크기로 잘라 입에 쏙 넣었다. 묵직하고 푸석푸석할 줄 알았는데 생각보다 가볍고 탱글탱글했다. 숟가락이 지나간 단면은 색이 더 밝고 먹음직스러웠다. 이번에는 밤 크기로 잘라서 입에 넣고 오물오물 씹어보았다. 국물이 스며 있었는지 씹을 때마다 촉촉함이 배어 나왔다. 인정할 수밖에 없었다. 맛있다! 맛있어! 나는 다시 한번 친구들의 눈치를 살폈다. 그들은 숙취의 신에게 제압당해 팔다리를 마리오네트처럼 삐걱삐걱 움직이느라 앞에 앉은 나에 대해서는 전혀 신경 쓰지 않고 있었다. 나는 위양 한 점을 집어 재빠르게 입안으로 던져 넣었다. 우물우물. 우물우물. 꿀꺽. 하마터면 젓가락을 내려놓고 벌떡 일어나 물개박수를 칠 뻔했다.

식감이 완벽했다. 질기지도 않고 흐물거리지도 않고, 딱 그 경계선이었다. 쫄깃하면서 부드럽다. 그리고 씹을수록 고소하다. 고추기름을 두른 간장소스에 찍어서도 먹어보고, 밥에 깍두기랑 함께 올려서도 먹어봤다. 중간중간 선지도 잊지 않았다. 어느새 국물만 남은 깍두기를 추가하려고 고개를 든 순간, 친구들이 무슨 시트콤 드라마의 인물들처럼 팔짱을 끼고 나를 지켜보고 있었다. 기왕 이렇게 된 거, 나도 시트콤 드라마의 한 장면처럼 동작을 멈추고 눈동자만 또르르 굴려 내 뚝배기를 내려다보았다. 바닥이 거의 드러나 있었다. 친구들은 이 맛있는 걸 지금까지 왜 피해 다녔냐며 힐난도 했다가, 앞으로 우리가 함께 먹을 수 있는 수많은 음식들을 열거하며 기대감에 빠지기도 했다. 나 때문에 곱창전골을 먹으러 가지 못한 긴긴 세월이 떠올라 눈물을 훔치는 친구도 있었다. 아무튼 이렇게 모두가 박수치는 가운데 나는 양평해장국에 당당히 입문하였다.

가장 기뻐한 건 내 입과 위장이었다. 나는 이날 이후로 양평해장국의 열혈 추종자가 되었다. 성산동에 있던 그 양평해장국집이 망원동으로 이사를 해 당시 연남동 자취방에서는 한참이나 멀어졌지만 부득불 그 가게까지 어떻게든 가고야 말았다. 동네마다 유명하다는 양평해장국집에 가보고, 경기도 양평까지 차를 몰아 원조라고 손꼽히는 집에도 찾아가 보았지만 여기만큼 내 입에 딱 맞는 곳이 없었다. 국물은 맑고 칼칼하면서도 자극적이지 않고, 선지는 언제나 놀라울 정도로 탱글탱글하며, 내장은 부드럽고 쫄깃쫄깃하다. 가장 중요한 건 이 모든 요소들이 각각 적당한 양으로 조화를 이룬다는 점이다. 다른 집들은 내장이 너무 많거나 너무 적었다. 내장을 한 종류만 주기도 했고, 내장이 다양하면 선지가 없거나 적었다. 어떤 집은 삭은고추 다대기를 안 주고, 고추기름이 없는 곳도 있었다. 하지만 이 집은 모든 걸 갖추고 있으며 선지와 내장과 채소의 양과 비율이 마침맞아서 어느 하나 부족함 없이, 물림도 없이 깔끔하게 뚝배기 하나를 싹 비울 수 있다.

물론 입맛과 취향은 사람마다 다르므로 '이 집이 한국에서 최고!'라고 주장할 생각은 없다. 전국적으로 양평해장국 집이 600개가 넘는다는데 10분의 1도 먹어보지 못한 내가 무슨. 그저 해장이 필요한 순간 내 입에 딱 맞는 집이 지척에 있어서 그저 행복할 뿐이고 맘껏 자랑하고 싶을 뿐이다. "나 양평해장국세권에 산다!"

양평해장국을 내 마음의 1등 해장국으로 모신 뒤로, 나는 막강해졌다. 일단 못 먹는 음식이 없어졌다. 아니, 피도 먹고 내장도 먹는데 이제 못 먹을 게

뭐람! 곱창? 뼈해장국? 이 맛있는 걸 왜 안 먹고 살았지? 나의 음주력은 나날이 강해졌다. 먹을 수 있는 게 많아져서 그렇기도 하고, 숙취와의 싸움에서도 자신이 붙었기 때문이다. 시원하고 얼큰한 양평해장국 한 그릇 싹 비우면 머리는 맑아지고 속은 든든해졌다. 살 만해졌다. 살 만해져서 또 다음 술자리를 기획했다. 그러니까 양평해장국은 내 음주 인생에 있어 화력을 증폭해준 부스터에 다름 아니었다. 이러니 열혈 신도가 될 수밖에!

가끔 망원시장 정육점에서 선지를 발견하면 걸음을 멈추고 고민을 해본다. '집에서 한번 삶아봐? 철분이 그렇게 많다는데 아이도 한번 먹여봐?' 하지만 선지를 쳐다보지도 못했던 시간이 결코 짧지는 않아서, 핏덩어리에 손을 댈 용기는 아직이다. 그렇게 우물쭈물하는 사이 때는 늦어버렸다. 아무 생각 없는(?) 영아 시절에 먹었으면 잘 먹었을 텐데 이제 일곱 살이 된 딸은 시각적으로 거부감이 느껴지는 음식에는 손도 대지 않는다. 달콤한 빵도 모양이 이상하면 먹지 않는데 거무튀튀한 선지를 먹을 리가 없다. "일단 먹어봐. 먹어봐야 맛이 있는지 없는지 알지~" 읍소에 가까운 나의 이 대사가 수년간 친구들이 내게 날렸던 대사와 토씨 하나 다르지 않다는 걸 문득 깨달은 요즘, 마음을 많이 내려놓았다. "안 먹어? 아유, 그럼 나만 좋지~" 하고서 내가 냠냠 먹어버린다. 나도 30년이 걸린 일인데 오죽하랴. 언젠간 먹겠지. 그저 그날이 가급적 빨리 오면 좋겠다는 마음으로 아이가 잘 먹지 않는 식재료를 잘게 다져서 볶음밥에 몰래 넣는다. (마음 내려놓은 거 맞아?)

원조 싸움에 술꾼 속 터지네

동네에 새로 생긴 해장국집 통유리에 두 장의
A4 용지가 붙어 있었다. '20년 전통' 그리고 '신장
개업'. 응? 걸음을 멈추고 두 눈을 가느스름하게 뜬
채 두 장의 종이를 번갈아 보았다. 이건 마치 SNS에
서 한창 뜨거웠던 '열림교회 닫힘'과 같은 경우 아닌
가. 유사 사례로는 '딸기맛 메로나'. 얼마 전 산책하
다 발견한 알쏭달쏭한 가게도 떠올랐다. 간판은 복
권판매전문점이었는데 출입문에 '복권 없어요.'라고
적혀 있었지…. 그때와 똑같은 심정이 되어 이 형용
모순을 이해해보려 노력했다. 20년 전통을 가진 가
게가 이 자리에 새로 이사를 온 걸까? 아니면 가게
는 신장개업이지만 20년 전통의 무언가를 갖고 있
는 걸까? 슬쩍 안을 들여다보니 조리기구와 식기들
은 번쩍번쩍 새것이고 사장으로 보이는 젊은 남자가
양파를 썰고 있었다. 가게 앞 화환에는 친구의 개업
을 축하하고 대박을 기원하는 익살스러운 문구가 적
혀 있었다. '신장개업' 쪽이 진실이고 '20년 전통'은
어물쩍 갖다 붙인 것 같다는 심증이 들었다. 수식이
가리키는 곳도 좀 애매하다. 20년 전통이 가게를 말
하는지 요리사의 경력을 말하는지 해당 요리의 역사

를 말하는지 모르겠다. '해장국을 사랑하는 마음'이 20년인지도 모른다. 설령 그렇다 하더라도 왜 그 카피를 썼는지 굳이 따져 묻거나 비난하는 사람은 없을 것이다. 이런 표현은 어느덧 흔하고 평범한 수사가 되어서 보는 사람들도 무뎌져버린 탓이다. 전통. 원조. 명가. 본점. ○대 맛집.

없는 전통을 굳이 있다고 하고, 원조가 아닌데 원조 간판을 내거는 이유는 단순하다. 소비자가 좋아하기 때문이다. 새로 개업한 집 앞에서는 과연 맛이 괜찮을까, 믿어도 될까 주저하게 되지만, 이 자리에 오래 있었노라 자부하는 집이라면 내공을 믿고 선뜻 들어가게 되니 말이다. 요즘 같은 외식업 무한 경쟁 속에서는 음식 맛이 없으면 빠른 시일 내 퇴출되기 십상이다. 임대료는 비싼데 손님이 적으면 가게 문을 열고 있는 것 자체가 하루하루 적자니, 버티지 못하고 문을 닫아버리는 것이다. 음식점 간판이 자주 바뀌는 걸 보는 소비자로서는 이제 가게 경력에 기대게 된다. 10년, 20년 영업했다고 하면 맛은 확실히 보장된다고 보는 것이다. 만일 내가 지금 음식 장사를 시작한다면 경험이 일천함에도 불구하고

나 역시 어딘가에 그런 단어들을 넣고픈 유혹을 떨치기 힘들 것 같다. ('20년 술꾼 외길인생' 정도는 당당히 쓸 수 있으려나….)

동네의 작은 가게들이 슬쩍 허세를 부리는 거야 가볍게 웃어넘길 수 있지만 전통과 원조에 대한 지나친 열망과 집착은 때로 사회문제로 번지기도 한다. '진짜' 원조집이 특별한 필요성을 못 느껴서 상호등록이나 특허등록을 하지 않고 있었더니 다른 식당이 냉큼 출원을 해버리고는 원조를 자처하는 경우가 대표적이다. 장충동 족발 골목, 의정부 부대찌개 거리에서 벌어지는 원조 쟁탈전은 치열하기로 유명하다. 치열함이 과해서 일부의 행태는 치사하기도 하고 비열하기도 하다. 수년 전 논현동 간장게장 골목에서는 이런 식의 갈등이 폭발해 두 가게 직원들이 집단 난투극을 벌이기도 했다. 가짜 전통과 가짜 원조의 범람은 진짜들에게 실질적인 타격을 주고 업계의 갈등을 야기하며 소비자에게는 혼선을 준다. 원조 싸움에 애꿎은 소비자들만 등이, 아니 속이 터지는 것이다.

사실 이 문제는 상표권 문제와 결부되어 있어서 복잡하기도 하다. 내가 가장 좋아하는 해장국인 양평해장국의 예를 들어보자. 경기도 양평 지역에서 개발되어 지금은 전국적으로 유명한 양평해장국. 현행법상 양평이라는 특정 지역 이름만으로는 상표등록이 불가능하다. 한 개인이 독점할 수 없다는 뜻이다. (춘천닭갈비도 마찬가지.) 반면 '미깡 양평해장국'은 상표권을 가질 수 있기 때문에 각종 고유명사를 붙인 '무슨무슨 양평해장국' 가게는 전국 각지에 수백 곳이나 존재한다. 문제는 너나없이 '원조'고 '본점'이라고 적어둔 탓에 소비자들은 혼란스러울 수밖에 없다는 것이다. 이 많은 양평해장국집 중에서 어디가 진짜 원조지? 인터넷에 '양평해장국 원조'를 검색하면 가장 먼저 나오는 집의 상호는 무려 '원조신내서울해장국양평본점'이다. 한 단어에 신내와 서울과 양평이라는 세 가지 지명과 원조, 본점이라는 주장이 앞뒤로 포진해 있다. 아니 그래서 도대체 어디에 있다는 거야? 서울이야, 양평이야? (알고 보니 상호 속의 '신내'는 서울 신내동이 아니라 양평의 신내천이었다. 도로명 주소도 양평군 개군면 신내길이다.) 이 혼돈의 작명 센

스 역시 상표권을 둘러싼 고민 끝에 내린 궁여지책으로 알려져 있다. 많은 사람들은 1982년에 개업한 이 '원조신내서울해장국양평본점'을 (혁혁) 양평해장국의 원조로 인정하고 있다. 나도 가봤는데 깊은 연륜과 내공이 느껴졌다. 사람들이 말하는 대로 이 집이 진짜 원조인가? 어떤 사람들은 길 건너편에 있는 '양평신내강호해장국'이 원조집이라고 주장하는데?

검색창에 이번에는 '양평해장국 본점'을 넣어본다. 서울의 전혀 다른 집이 검색결과로 나타난다. 해장국 한 그릇을 먹더라도 기왕이면 검증된 맛집에서 먹고 싶은 술꾼들로서는 정말 헷갈리는 일이다. 검색 결과에 뜨는 서울의 가게를 두고 '양평이 아니니 가짜'라고 할 수는 없다. 여기는 여기 나름대로는 본점이 맞는 것이다. 더 엄격하고 치밀하게 따져보면, 양평해장국에 원조집이 있을 수 있는가? 소의 내장과 선지에 우거지와 콩나물을 넣고 칼칼하게 끓이는 이 해장국은 이미 조선시대부터 유명했던 음식이다. '진짜 원조'를 반드시 찾아야겠다면 조선시대로 거슬러 올라가 어느 장터의 어느 좌판이었는지 조사를 해봐야 할 일이다. 그럴 수는 없지 않은가.

행여 원조임이 확실한 음식이 있다고 해도 그렇게까지 집착을 할 일인지 돌아볼 필요도 있다. 원조집의 요리가 전부 '현재 최고'는 아니다. 어떤 후발주자들은 원조보다 더 뛰어나다. 30년 전통의 음식은 (시간을 거치면서 조금씩 변화 발전했겠지만) 다른 관점에서 보면 30년 전의 재료와 30년 전의 대중 미각에 맞춰서 개발된 음식이라는 말도 된다. 물론 그 맛이 충분히 훌륭하기 때문에 오래 사랑받을 수 있었을 테지만 후발 주자의 세심한 노력이 더해지면 현대인의 입맛을 더욱 만족시킬 수 있다. 원조 음식의 본질과 개성은 유지하되 재료를 더 좋은 걸로 바꾼다거나 양이나 간을 조절하는 식으로 말이다. 나에게 의정부 지역의 부대찌개가 그랬고 양평해장국이 그랬다. 원조집이 떨어진다는 게 아니라, 너무나도 훌륭한 후발 주자들을 가까운 곳에서도 만날 수 있었다는 말이다.

남편과 나는 집에서 술을 마실 때 곧잘 오래된 가요들을 틀어놓는데, '원곡제일주의'인 남편도 이소라나 장필순이 리메이크한 곡들을 들으면 한참이나 멈추고 있던 숨을 후 뱉으면서 "이건 원곡과 또 다르게 좋다. 아니, 더 좋다."고 말한다. 편곡의 힘은 강하다. 세상에 존재한 적 없는 완전히 새로운 음식을 발명해내진 못해도 기존 음식에 새로운 시도를 더하여 더욱 멋지게 발전시킬 수는 있다. 그러니 식당을 운영하시는 분들도 우리 소비자들도 '원조'와 '전통'에 너무 집착하지는 말지어다.

　　말이 나온 김에 신장개업한 그 해장국집에 한 번 들어가봐야겠다. '20년 전통' 문구가 설령 깜찍한 거짓이었다 하더라도 20년 전통을 지금부터 만들어나가기를 응원하는 마음으로.

도전! 세계의 해장 음식

세상은 넓고 술꾼은 많다. 술의 종류도, 술을 마시는 방법도 많으며, 술로 내상을 입은 속을 달래주는 해장법도 각양각색이다. 술자리가 잦아지는 연말연시면 TV 뉴스나 신문, 잡지에 꼭 '세계의 해장 음식' 같은 기사가 뜨곤 한다. 그래서 우리는 햄버거만 먹을 줄 알았던 미국인들이 의외로 과일주스나 꿀물로 해장을 하고, 영국인들은 블러디 메리 칵테일을 마시며, 가까운 일본은 우메보시(매실절임)나 오차즈케(녹차밥)로 해장한다는 사실을 잘 알고 있다. 매년 비슷비슷하게 반복 노출되는 내용이라서일까? '세계의 해장 음식' 정보는 점점 더 '누가 누가 엽기적이고 이색적이냐'를 중심으로 쓰이는 것 같다. 엽기적이고 이색적인 걸로 치면 몽골의 '삭힌 양 눈알 토마토 주스'가 으뜸이려나? 아니면 푸에르토리코의 해장법, '겨드랑이에 레몬 바르기'일까? 홍콩의 '끓인 콜라'? 그리스에서 위벽을 보호하기 위해 먹는다는 '버터 한 스푼'은?

이런 내용의 기사란 한번 가볍게 읽고 웃어넘기면 그만인데, 나는 술과 관련된 정보라면 그게 어떤 것이든 일일이 흥분하고 집요하게 구는 술꾼이므로 도무지 그냥 넘어갈 수가 없다. 먹으면 어떨지 너무너무 궁금하다! 그래서 글로벌 술꾼 친구들이 즐겨 먹는다는 해장 음식을 직접 먹어보기로 했다. 물론 재료를 손쉽게 구할 수 있는 것들만. (이라크의 '염소 머리를 통째로 고아서 국물을 마신다.' 이런 건 그냥 조용히 상상만 해보는 걸로….)

독일인이 즐겨 먹는 아침, 롤몹스

비주얼만 보면 움찔할지도 모르겠다. 지구상에서 가장 악취가 심한 음식 1위에 빛나는, 냄새가 너무 지독해서 밀폐된 공공장소에서 개봉하는 게 무려 불법인 스웨덴의 수르스트뢰밍(Surströmming)이 떠오르기 때문이다. 하지만 이 수르스트뢰밍은 청어를 두 달간 썩은내가 날 정도로 발효시켜 통조림에 담은 음식이고, 롤몹스는 식초와 소금에 절인 청어의 살코기를 피클, 양파 등과 함께 먹는 음식이다. 전자가 푹 삭힌 홍어회라면 후자는 갓 잡은 생홍어회라고 하면 되려나. 청어는 양질의 단백질 공급원이며 비타민과 무기질이 풍부해서 유럽에서 매우 인기가 높은 식재료다. 해장으로 먹는 이유도 그래서일 것이다.

　이 청어절임으로 해장을 하기 위해 나는 가까운 이케아 매장을 찾았다. 롤몹스처럼 돌돌 만 모양이 아니라 접시에 풀어헤쳐진(?) 샐러드였지만 재료는 거의 같았다. 절인 청어, 생양파, 레몬, 머스터드소스. 조명이 환하고 층고가 높고 사방이 깔끔한 초대형 프랜차이즈 레스토랑에서 나이프와 포크를 들고 있자니 해장을 하는 기분은 아니었지만 아무튼 몇 점 집어 먹었다. 상큼했다. 이걸 왜 해장이 필요한 아침에 먹는지 알 것 같았다. 새콤한 맛이 몸에 활기를 주는 것 같다. 생선 비린내가 약간 나긴 했지만 지구상에서 가장 악취가 심한 음식 5위 안에 거뜬히 드는 홍어회도 없어서 못 먹는 나니까, 이 정도는 문제도 아니었다. 다만…

남편: 어때? 난 괜찮은데?
나: 뭐, 괜찮네. 상큼하고.
남편: 근데 표정이 썩 좋진 않은데? 왜 그래?

나: 아니, 그게… (접시를 밀어내며 한숨) 이거 먹으니까 화이트와인 마시고 싶어지잖아. 히잉. 이건 해장 음식이 아니라 안주야, 안주. 여기 와인은 없지? (두리번거리며) 진짜 없나?

남편: 인간아…. (그러면서 같이 두리번거린다.)

커피에 미친 나라, 이탈리아의 해장은?

물어보나마나 커피다. '미쳤다'는 표현을 쓰다니 이탈리아에 무슨 적대감 있냐고 할지 모르겠지만, 이탈리아는 그렇게 말해도 된다. 되려 그런 말을 들으면 흐뭇해할지도? 짐 자무시의 영화 〈커피와 담배〉를 보시라! 과장이 섞여 있긴 하지만 커피에 대한 이탈리아인의 사랑이 얼마나 열광적인지 잘 보여준다. 이탈리아인들의 해장법은 아침에 눈 뜨자마자 에스프레소 두 잔을 마시는 것이라고 한다.

나의 보급형 미니 커피머신으로는 어쩐지 이탈리아노들에게 대적할 수 없을 것 같아서, 숙취가 있는 날 아침 느른한 몸을 일으켜 집 앞 카페로 향했다. 에스프레소 두 잔을 테이블에 앉아서 마시겠다고 하니 카페 직원분은 살짝 당황하셨다. 일행이 또 오시는지? (아니요.) 아메리카노에 '투 샷'을 달라는 건지? (아니요, 추출액만 따로 두 잔!) 한 잔을 여기서 드시고 한 잔은 나가실 때 드릴지? (아니요, 연거푸 두 잔을 마실 겁니다.) 쟁반에 에스프레소 두 잔을 올려놓고 테이블로 걸어가는데 커피잔과 받침이 부딪쳐서 달그락거렸다. 이 소리는 바로 〈커피와 담배〉의 로베르토 베니니가 카페인 중독 때문에 손을 떨면서 내던 소리! 돌아보니 직원분이 나를 보는 눈빛이 내가 스크린 속 로베르토 베니니를 보던 눈빛과 똑같았다…는 건 과대망상이려나.

에스프레소 두 잔을 연거푸 마신 후기는 이렇다. 속 쓰려! 울렁거려! 심장도 빨리 뛰는 것 같아! 첫 한 모금은 맛도 있고 정신이 번쩍 나서 좋았다. 하지만 두 잔을 다 마실 때쯤에는 위장과 혈관이 깜짝 놀라 파르르 떨고 있는 게 느껴졌다. 나는 평소 그다지 카페인에 약한 사람은 아니다. 아주 진하게 내린 커피를 하루 한두 잔은 꼭 마시니까. 카페인 함량은 오히려 에스프레소가 아메리카노보다 더 적은데도 몸이 힘들었던 이유는 바로 속도 때문. 위스키를 온더록스로 먹으면 얼음에 희석되는 술을 조금씩 마시니 취하는 데 시간이 걸리지만, 샷으로 한입에 털어 넣으면 흡수가 빨리 되어 금세 취하게 되는 것과 같은 이치다.

카페인을 몸에 확 끼얹는 이 방법은 일상적으로 에스프레소를 끼고 사는 이탈리아인 한정 해장법 같다. 커피를 많은 양의 물이나 우유에 희석해서 홀짝홀짝 마시는 한국인에게는 추천하고 싶지 않다. 애당초 커피는 이뇨작용 때문에 숙취 상태 즉 몸에 탈수가 일어났을 때에는 해가 된다는 것이 정설이기도 하다. 알면서도 술 마시고 열불이 나는 속을 시원하게 달래주는 '아이스 아메리카노 해장'을 끊기란 너무 어려운 일이라, 이 에스프레소 실험 다음 날 아침에 나는 커피 640ml를 마셨다. 아무래도 커피에 미쳤다는 표현은 나한테 써야 할 것 같군요.

폴란드인은 피클 국물을 마신다

그리고 한국의 호기심 많은 술꾼 미깡도 피클 국물을 마신다. 아니, 마셔보았다. 코스트코에서 산 '낼리스 베이비 딜 피클'. 원산지는 인도. 유리병에 손가락만 한 미니 오이 피클이 가득 들어 있다. 원재료를 살펴보면 오이 외에 정제수, 식초, 정제소금, 건조마늘, 그리고 절대 외울 수 없는 복잡한 이름의 화학첨가물이 두어 가지 들어 있다. 제품의 원래 주인공은 오이지만 이번 해장 프로젝트의 주인공은 소금과 식초다. 피클 국물에 함유된 나트륨과 칼륨이 술로 인해 우리 몸에서 빠져나간 전해질을 채워주고 독소를 배출해낸다는 것이 폴란드 술꾼들의 주장이다.

과연 어떠려나? 작은 컵에 국물을 따라서 단숨에 마셔보았다. 맛은 가히 충격적이었다! 어떤 점에서? 나쁘지 않다는 점에서! 실험대상 중 이 피클 국물이 가장 두려웠는데 의외로 아주 괜찮았다. 동치미 국물로 해장하는 것과 흡사했다. 그러고 보면 동치미 국물도 물, 소금, 마늘 등으로 만드니 원재료가 비슷하기도 하다. 새콤하고 시원한 맛에 정신이 퍼뜩 들었다. 너무 짜서 벌컥벌컥 마실 수는 없지만 술이 깨는 '기분'은 확실히 들었다.

일산화탄소라도 흡입한 듯 머리가 지끈거리는 숙취의 아침, 물도 싫고 주스도 싫고 시원한 동치미 국물이 땡기는데 그런 건 없고 먹다 남은 피클이 마침 있다면, 큰 고민 없이 한 번쯤 더 마실 수도 있을 것 같다. 그땐 탄산수에 한번 섞어볼까? (왠지 두근거려!)

위로가 된다, 프렌치 어니언 수프

청어절임, 커피에 이어 피클 국물까지, 자극적이고 새콤한 것들만 연달아 먹었더니 이제는 좀 따뜻하고 부드러운 음식을 먹고 싶어졌다. 때마침 구원자가 나타났다. 5년 전, 전통주 양조장을 취재하는 프로젝트를 함께했던 '살롱 드 도화' 김경은 대표가 따끈한 음식으로 해장을 시켜주겠다는 것이다! 나는 그녀의 푸드 스튜디오로 한달음에 달려갔다. 고소하고 달달한 냄새가 나를 맞이했다. 물보다 와인을 많이 마시는 나라 프랑스의 국민 해장 음식, 프렌치 어니언 수프였다.

그릇을 소복하게 채운 치즈 때문인지 첫 맛은 짭짤했다. 하지만 먹으면 먹을수록 양파의 단맛이 올라왔다. 꼭 필요로 했던 만큼의 따뜻함과 부드러움이었다. 프랑스에서는 해장도 해장이지만 추울 때나 아플 때 즐겨 먹는 가정식이라고 한다. 양파의 여러 효능을 생각하면 순순히 수긍이 된다. 레시피도 간단하다. 얇게 채썬 양파를 버터에 볶고, 닭 육수를 부어 푹 끓인 뒤에 치즈를 올리면 된다. 보통 여기에 바게트를 곁들여 먹는다.

나: (냠냠) 완전 맛있어요! 만드는 법도 간단하네요. 양파 볶는 건 시간이 좀 걸리려나?

경은: (웃음) 30분 볶았어요.

나: (켁켁) 네에? 한 그릇 만드는 데?

경은: 양파를 프라이팬으로 하나 가득 볶아야 수분이 빠지면서 요만큼 나와요.

시간만 드는 게 아니다. 양파가 눋지 않으려면

팔이 떨어져나갈 것 같은 인고의 젓기 노동을 쉼 없이 해줘야 한다. 한 그릇의 수프를 위해, 아니 나 한 사람을 위해 수고를 마다하지 않은 것이다. 맛있고 따뜻하고 부드럽고 정성까지 가득 담긴 양파 수프. 이걸 먹고 속이 사르르 풀리지 않을 도리가 없다.

숙취가 있을 때 직접 해 먹는 음식이기보다는 누군가를 위해 해주면 좋을 음식이다. 언젠가 내 주변의 소중한 사람이 몸이든 마음이든 힘들어한다면 어쭙잖게 말로 위로하려 하기보다 가만가만 따끈하게 만들어 먹여주고 싶다.

참, 양파를 미리 볶아서 냉동해두면 양파 수프는 정말 쉽게, 금방 만들 수 있다는 팁을 전한다. 양파와 시간과 무엇보다 어깨 힘이 있는 날 한번 시도해봐야겠다.

오이계란탕을 아십니까?

중국의 해장 음식으로는 '훈툰'이라는 만둣국이 유명하다. 또 차(茶)를 좋아하는 민족답게 차로 해장을 많이 한다고도 알려져 있다. 하지만 중국이라는 대륙의 스케일과 요리의 스펙트럼을 볼 때 한두 개만 꼽는 건 말도 안 된다는 생각이 들었다. 중국을 배경으로 '전국 해장국 자랑'을 쓰면 아이템이 한 3천 개쯤 나오지 않을까? 세간에 많이 알려지지 않았으면서도 간단하게 만들어볼 수 있는 중국의 해장 음식이 뭘까 고민에 고민을 거듭했다. 그때, 오늘도 5리터짜리 박스 와인(수도꼭지가 달려 있어서 와인을 물처럼 마실 수 있다.)을 가운데 두고 마주 앉아 있는 남편(중국어 전공자, 중국 다수 방문자, 고량주 애호가)이 무심하게 말하는 것이다. "중국에서 먹었던 오이계란탕이 해장으로 아주 그만이었는데." 나는 무릎을 탁! 치고 포상으로 남편의 잔에 와인을 콸콸 따라 건넨 뒤에 다정하게 말했다. "재현해봐라."

주도면밀한 남편은 바로 실행에 옮기지 않고 잠자코 상황을 지켜보고 있다가 며칠 뒤 내가 과음한 다음 날, 해장이 딱 필요한 순간에 만들어주었다. 오이를 최대한 얇게 써느라 칼을 쥔 손이 바들바들 떨렸는데 그렇게 공들여 썬 오이를 딸이 낼름낼름 집어 먹고 있어서 좀체 쌓이지 않았다. 이거 약간 시시

포스의 신화가 아닌가…. 썰어도 썰어도 똑같은 오이…. 그럼 나는 전날 기껏 재생된 간을 또 술에게 쪼아 먹힌 프로메테우스인가…. 뭐 이런 시답잖은 생각을 하며 멍하니 앉아서 기다리고 있으니 오이계란탕이 뚝딱 완성되었다.

훌륭했다! 첫 맛은 고소하고 담백한 보통의 계란국인데 뒷맛이 아주 개운하고 시원했다. 오이 특유의 향이 입안에 잔잔하게 남았다. 국물에 시원한 맛을 내려면 고추나 향신료를 써서 맵고 칼칼하게 끓이기가 쉬운데, 전혀 맵지 않은 담백한 국물이 시원하니까 색달랐다. 순식간에 한 그릇을 훌훌 비우고 엄지를 척 치켜들었다.

만들기도 간단하다. 치킨스톡으로 육수를 내고 저미듯 얇게 썬 오이와 양파를 넣은 뒤 계란을 풀어 휘리릭 둘러준다. 마지막으로 송송 썬 대파를 넣고 소금으로 간한다. 오이를 싫어하는 사람이라면 기겁을 할 음식이지만 (오이만도 싫은데 심지어 끓이다니!) 그렇지 않다면 십중팔구 만족할 것이다. 장담한다. 재료 있을 때 꼭 만들어보시길!

약 2주에 걸쳐 성실하고 철저하게 과음을 한 후 최적의 숙취 상태를 만들어 5개국의 해장 음식을 먹어보았다. 그 최종 소감은? 두구두구두구두구.

"내가 이러쿵저러쿵 말할 건 아니지, 뭐." 되시겠다.

별안간 시큰둥하게 굴려는 게 아니라, 타인, 타문화권의 해장 방식을 두고 효과가 있네 없네, 이건 이상하네 어쩌네, 말할 수는 없다는 뜻이다. 인류가 술을 마시기 시작한 지 수천 년이나 흘렀는데도 현재까지 지구상의 모든 연구논문과 문헌들이 공통적으로 가리키고 있는 숙취 해소법은 '알코올 섭취를 줄이거나 아예 하지 않는 것'이다. 음식물을 섭취함으로써 숙취를 바로 없애는 방법은 사실상 없다는 뜻이다.

해장은 '기분'의 지분이 90% 이상인 것 아닐까? 속이 풀린 것 같은 '기분', 머리가 맑아진 것 같은 '기분'. 그걸 느끼게 해주는, 자기에게 잘 맞는 음식과 방법이라면 콜라를 끓여 마시든 피클 국물을 마시든 남이 뭐라고 할 순 없는 거다. 그러니 무릇 훌륭한 술꾼이라면 '이색적'이니 '엽기적'이니 하는 포인트

에만 꽂힐 게 아니라, 다른 사람들의 다양한 해장법을 엿보고 참고하면서 자기만의 해장법을 찾아 끝없이 정진하여야 할 것이다. 그런 의미에서 내일 맛있고 참신한 해장 음식을 먹기 위해 나는 오늘도 거나하게 술을 마신다. (응?)

자학의 맛! 매운 음식으로 해장하기

한 설문조사 결과 한국인이 가장 즐겨 찾는 해장 음식 1위는 콩나물국이었다. 아스파라긴산의 검증된 효능을 생각하면 충분히 납득할 수 있는 결과다. 2위는 짬뽕이고 3위는 라면, 그다음으로 뼈해장국, 순댓국 순이었다. 이 결과를 통해 알 수 있는 건? 역시 한국인의 해장은 국물이라는 사실. 특히 빨간 국물. 단일 메뉴로는 콩나물국이 1위지만 전반적으로 많은 술꾼들이 매콤하고 칼칼한 국물을 선호한다. 오전에 가장 많이 팔린다는 분식집 해장라면은 라면에 콩나물을 한 줌 올림으로써 자극적인 걸 먹고 싶은 입의 요구와 숙취 해소 효과를 갈구하는 몸의 요구를 동시에 충족해주는 해장 음식계의 명실상부한 스테디셀러다.

여기, 라면에 콩나물 정도로는 성에 안 차, 청양고추도 한 줌 올리는 곳이 있다. 말 그대로 주먹 가득, 한 줌이다. 매운 음식에 약한 사람이라면 이 압도적인 비주얼을 보기만 해도 땀을 주룩주룩 흘릴지 모르겠다. 신촌에 있는 '훼드라'. 1972년부터 영업을 시작한 자그마한 라면가게다. 사방에 '최루탄 해장라면'이라는 문구가 붙어 있는데, 자주 출입하던 당시에는 눈물 콧물이 날 정도로 라면이 매워서 최루탄이라는 별명이 붙은 줄만 알았다. 그런 의미도 물론 있지만, 최루탄에 쓰러진 이한열 열사를 기리는 뜻이 담겨 있고 실제로 1980년대 대학가에 민주화운동이 한창일 때 학생들을 숨겨주고 라면을 끓여 먹이던 아지트였다는 사실을 나중에서야 알게 되었다.

나는 신촌에서 술을 마실 때면 이제는 집에 가야 한다는 친구의 두 팔을 다정하게 붙들고 훼드라로 데려가곤 했는데, 능히 짐작할 수 있겠지만, 해장을 하고 가자는 구실로 소주 한 병을 더 마실 속셈이었다. 일단 해장라면을 하나씩 주문하면 청양고추가 그릇 전체를 덮어버린 무시무시한 라면이 나온다. 그걸 한입 먹으면 너무 매워서 계란말이를 시키게 되고, 안주가 나온 이상 소주도 한 병 시킬 수밖에 없다는 게 나의 기적의 논리였다. 허다한 술꾼들이 술을 깨러 들어가서 술을 더 마시고 나오는 곳이 바로 훼드라다. 지금도 같은 자리에서 50년 가까이 영업을 이어가고 있는데, 요즘은 옛날처럼 인정사정 없이 청양고추를 넣는 게 아니라, 손님이 요청하면 덜 맵게 끓여주신다고 한다. 이렇게 되면 훼드라에서 '보통'이나 '순한' 라면을 먹는 손님들은 가게 곳곳에 붙어 있는 '최루탄' 문구의 의미를 모르는 채 다니고 있는지도 모르겠다.

땀을 뻘뻘 흘리며 매운 국물로 해장하는 문화는 훼드라가 등장한 1970년대부터 '틈새라면'이 선풍적인 인기를 끈 1980~1990년대를 지나 2020년 현재까지도 여전히 인기가 높다. 맵기의 정도를 측정하는 스코빌 지수를 보면 점점 더 수위가 높아지고 있는 것 같다. 인스턴트 볶음면의 스코빌 지수는 나날이 최고점을 찍고 있고, 사람들은 속이 쓰릴 정도로 매운 떡볶이를 야식으로 배달시켜 먹는다. 외식업계를 강타한 '마라'의 열기는 아직도 뜨겁다. 하긴 우리는 모든 음식에 마늘을 한 줌씩 넣어 먹고, 고춧가루를 시뻘겋게 뿌리며, 그것도 모자라 매운 고추를 고추장에 또 찍어 먹는 민족이 아니던가.

언젠가 해장을 하러 갔던 홍대의 한 순댓국집이 생각난다. 문을 열고 들어서자 지금 시각을 밤 1시쯤으로 알고 있는 술꾼들이 저마다 열기를 내뿜으며 술을 마시고 있었다. 오전 9시였다. 밖은 해가 쨍쨍한데 등 뒤로 문을 닫자 가게는 일순 어두워졌다. 평범한 순댓국을 먹으러 갔으나 어쩐지 가게 안을 떠도는 뜨거운 기세에 밀려서 '지옥국밥'을 시키고 말았는데, 몇 술 뜨자마자 땀이 났다. 끝내주게 매웠다. 술땀을 흘리면 알코올 기운이 같이 빠진다는 속설이 생각나 참아보려 했지만 이미 입술은 타 들어가고 속이 쓰리기 시작했다. 반만 먹고 남길 수밖에 없었다. 나는 앞에 놓인 지옥국밥과, 지옥의 불길에서 활활 타고 있는 듯한 오전 9시의 시뻘겋고 시끄러운 술꾼들을 번갈아 보며 생각했다. 한국인들은 어째서 이렇게 뜨거울까? 어째서 이렇게나 열렬할까? 밤 늦게까지 쉴 새 없이 먹고 마신 뒤에 어째서 또 짬뽕이니 마라탕이니 지옥국밥 같은 걸 먹는 걸까? 매운 음식이 실질적으로 숙취 해소에는 도움이 안 된다는 건 정설이고 상식이다. 다 알면서도 매운 국물을 찾고 열광하는 이유는 뭘까?

통증 받고 통증 더! 어제의 과음으로 생긴 통증에 오늘의 통증을 새로 덮어쓰면서 국면을 전환하기 위함은 아닐까? 울렁거렸던 속은 이제 울렁거리지 않는다. 쓰라리기 시작했기 때문이다. 두통으로 깨질 것 같던 머리는 이제 신경이 쓰이지 않는다. 설사가 시작되어 똥꼬가 맴맴해졌기 때문이다. 가히 통증의 돌려 막기라 할 수 있다. 여기에는 일종의 자학적 쾌감도 동반되는 게 아닌가 싶은데… 과학적인 분석은 이렇다. 매운맛이 입안의 통각세포를 자극하면 대뇌에서는 '아픔'으로 인지하여 그 대응책으로 천연 진통제인 엔도르핀을 분비한다는 것이다. 엔도르핀이 나오면 스트레스가 풀리고 기분이 좋아진다. 이 효과 때문에 매운맛을 자꾸 찾게 된다는 것. 상당히 설득력이 있어 보인다.

　한국인은 전 세계를 통틀어 일도 가장 많이 하고 스트레스도 가장 많이 받는다. 스트레스의 강도와 매운맛 선호도가 정비례 관계라면, 매운맛에 이토록 열광하는 게 납득이 된다. '우리가 너무 힘들게 살아서 그래! 여름휴가를 한 달씩 가는 느그들이 알기나 해? 아악! 배 아파!' 여기서 배 아픈 건 은유가 아니라 현실이다. 한국은 위염, 위궤양, 위암 등 위장질환의 발병률 또한 세계적으로 높은 나라다. 매운 음식이 아무리 맛있고 술땀 흘리는 쾌감이 있다 하더라도 이제 좀 자제할 필요가 있다.

나도 얼얼하게 매운 국물로 해장하면서 '시원하다'고 여겼던 시절이 있었지만, 지옥국밥 이후로는 맵고 자극적인 음식이 꺼려진다. 기분이 좋아진 것 같다고 정신승리 해봤자 몸은 여전히 아프고, 통증은 돌려 막아봐야 소용없다. 누적이 될 뿐이다. 숙취가 공격해오면 그저 '내 탓이오' 하고 납작 엎드려서 고통이 지나가기를 기다릴 수밖에 없다. 지금보다 어렸을 때는 술 마신 다음 날, 아무것도 먹지 않고 잠만 자는 연장자를 보면 이해가 잘 되지 않았는데(나는 어떤 상황에서도 배가 고팠으므로), 요즘은 슬슬 알 것 같다. 그 어떤 걸 먹고 마시는 것보다 납작 엎드려 있는 게 최고의 해장일 때가 있다는 것을.

평생 우왕좌왕할 만두

누가 "만두 좋아해?"라고 묻는다? 그의 입술이 채 닫히기도 전에 벌써 테이블을 내리치면서 "당연하지! 만두 먹으러 갈까?"를 외치는 사람이 바로 나다. 만두를 좋아하지 않는 한국인이 얼마나 있겠냐만, 내 사랑은 아무래도 평균 이상, 극성 이하 그 어디쯤에 있는 것 같다. 나에게 만두는 냉면이나 라면 먹을 때 '허전해서' 시키는 사이드 디시가 아니라 배를 '허전하게' 잘 준비한 상태에서 경건한 마음으로 영접해야 할 주인공이다. 맛있는 만두 한 접시를 먹기 위해 두 시간 거리를 달려가기도 하며, 만약 술집을 연다면 상호는 '술과 만두'로 하기로 오래전부터 마음을 정해두었다. 하지만 만두를 사랑한다는 대전제를 제외한 나머지 디테일한 문제들에 있어서는 자주 갈팡질팡, 우왕좌왕, 우유부단해지곤 한다.

빚을 것인가, 말 것인가

갑자기 집에서 만두를 빚어 먹고 싶을 때가 있다. 이건 다 엄마 때문이다. 명절도 아니고 아무 날이 아닌데도 엄마는 그렇게 자주 만두를 빚었다. 지금 생각해보면 묵은지를 처리하기 위함이었는데, 어릴 때부터 김치만두만 먹고 자란 나는 이 세상에 고기만두라는 게 있다는 걸 꽤 커서야 알고 어리둥절했다.

고기만두뿐이랴? 잡채만두, 생선만두, 새우만두, 양고기만두, 튀김만두, 왕만두… 수없이 많은 종류의 딤섬과 교자들. 이제는 먹을 수 있는 만두의 종류가 이렇게나 많고, 단골 맛집들도 있고, 최소 2종 이상의 냉동만두가 늘 구비되어 있음에도 불구하고 나는 이따금씩 만두를 직접 빚고 싶어서 몸살이 난다. 만두소에 숙주를 넣으면 아삭아삭 식감이 좋고, 새우살을 다져 넣으면 고급스러운 풍미가 살고, 애호박을 볶아 넣으면 고소한 맛이 더해지지만 오직 단출하게 '돼지고기, 김치, 두부'만 넣는 엄마의 투박한 만두가 못 견디게 먹고 싶어지는 것이다. 엄마의 김치만두는 식어도 맛이 좋았다. 막 쪄서 뜨거운 김이 모락모락 올라올 때보다, 한 김 식히려고 식탁 위에 펼쳐놓은 만두를 오며 가며 손으로 집어 먹는 게 더 맛있었다.

만두를 빚고 싶으면 빚으면 되지 왜 갈팡질팡이냐면, 이 열망은 꼭 마감 한가운데 있을 때만 고개를 쳐들기 때문이다. 마감 기간이면 부족한 시간도 시간이지만 십중팔구 손목이 아픈 상태기 때문에 재료를 다지고 어쩌고 하면서 만두를 빚는 건 미친 짓이나 다름없다. 그런데 그 미친 짓을 진짜로 해버리는 게 나여서⋯ 아픈 손목을 비틀어 김치 국물을 짜내고 있자니 한심하고 기가 막혀 헛웃음이 터져 나왔다. 시간은 시간대로 쓰고 물리치료마저 받으러 갈 판이었다. 게다가 엄마표 김치만두 맛이 제대로 나지도 않았다. 만두를 빚으려다 참사를 빚은 나⋯.

원래 마감 생활자들에게는 뜬금없는 일을 저질러서 코앞에 와 있는 마감을 외면하고 회피하려는 경향이 흔하게 있기는 하다. 평소에 하지 않던 베란다 물청소를 갑자기 한다든가, 10년 동안 거들떠도 안 보던 코바늘 상자를 꺼내서 한여름에 목도리를 뜨기 시작한다든가. 그런 하고많은 '딴짓' 중에 만두 빚기가 1순위로 떠오른다면 이건 이것대로 만두에 대한 사랑을 증명하는 게 아니겠는가.

두꺼운 피인가, 얇은 피인가

마트 시식 코너를 둘러보면 늘 만두 브랜드 간의 경쟁이 치열하다. 한동안 비비고 왕교자가 차지하고 있던 냉동만두 1위 자리를 지금은 풀무원의 얇은 피 만두가 차지하고 있다. 가히 폭발적인 인기라고 한다. 그럴 만하다. 나도 오랫동안 얇은 피를 좋아했다. 피가 두꺼우면 밀가루 맛이 나고 덜 익는 일도 다반사다. 여러 음식을 통틀어 밀가루는 토핑, 앙꼬, 소를 담아내고 받쳐주는 역할일 뿐, 중요한 건 역시 알맹이가 아니겠는가? (그렇다고 만두피 없이, 소를 동그랗게 빚어 밀가루 위에서 굴리기만 한 굴림만두는 솔직히 만두로 인정하고 싶지 않다. 그건 만두가 아니라 완자다. 피가 소를 완전하게 감싸고 있어야 만두라고 주장하는 바이다.)

만두피가 너무 얇으면 쉽게 찢어져서 귀중한 육즙이 흘러나오니 곤란하다. 묵직한 만두소를 잘 지탱하려면 어느 정도 두꺼운 만두피는 필수. 바꿔 말하면 두꺼운 피로 만든 만두는 만두소가 푸짐할 확률이 높다. 그래서인지 피가 두툼한 만두가 언젠가부터 맛있게 느껴지기 시작했다. 성산동 '만나식당',

여주 '보배네'의 손만두가 딱 모범적인 두께다. 아무리 만두소가 맛의 핵심이라고 해도, 쫀득쫀득한 만두피까지 한번에 왕 하고 베어 물어야 비로소 영양, 염도, 식감 모두 조화를 이룬다고 생각한다. 그래서 요즘 장을 볼 때마다 자주 고민에 빠지는 것이다. 대세를 따라 얇은 피 만두를 살 것인가, 피가 두꺼운 다른 만두를 찾아볼 것인가, 아니면 그냥 '보배네'에 전화를 걸어 택배 주문할 것인가….

15년 동안 만두만 먹는다면

영화 〈올드보이〉에서 오대수는 15년간 군만두만 먹는다. 하고많은 음식 중에 왜 군만두냐면 그를 가둬놓고 지키고 있는 사설감옥의 직원(이라기보다는 깡패)들이 중국집에서 음식을 배달시켜 먹고 오대수에게는 '서비스 만두'를 던져주기 때문이다. 오대수는 말할 것도 없고 이는 깡패들에게도 너무 가혹한 처사다. 매일 중식만 먹고 어떻게 산단 말이냐. 훗날 만두 맛을 감별해 사설감옥을 찾아내야 서사가 진행

되므로 똑같은 만두를 수천수만 번 먹는다는 설정이 필수였겠지만 인간적으로 15년 내내 '하루도 빠짐없이'는 아니었으리라 믿고 싶다.

한데 요즘 중국집 서비스 만두는 공장 기성품이기 때문에 어딜 가나 똑같은 맛이다. 사설감옥에서 나와 구역질을 해가며 수많은 만두를 맛보던 오대수가 드디어 중국집을 알아내는 순간, 나는 다른 의미로 눈이 번쩍 뜨이고 전율했다. '만두 맛이 달라? 그럼 가게에서 직접 만들었다는 뜻인데? 중국집 수제만두 완전 맛있지!' 그나마 견딜 만했겠다고 생각하는 순간, 또 한번 헷갈린다. 맛있는 군만두에 맥주가 없었으니 우리의 오대수, 얼마나 괴로웠을까! 얼마나 맥주 생각이 간절했을까! 그가 술의 맛을 모르는 자도 아니고 말이다! 어쩌면 그게 탈출 의지와 복수심을 더욱 강하게 끌어올려줬는지도 모른다. 하필 만두가 맛있어서 말이다. '여길 나가기만 해봐라. 뜨끈뜨끈한 군만두에 시원한 칭따오를 벌컥벌컥 마셔주리라!' 축 늘어진 공장 만두만 15년 먹었다면 영혼까지 시들시들해져서 복수고 뭐고 그냥 다 때려치웠을지도 몰라.

만두 맛집을 하나만 꼽으라면

기성품 만두는 맛이 거의 표준화되어 있지만 가게에서 직접 빚는 만두는 집집마다 맛이 다를 수밖에 없다. 재료가 동일한 고기만두라도 각각의 비율, 건더기의 크기, 양념 배합에 따라 맛이 천양지차로 달라지며, 똑같은 만두소로 빚은 만두도 찌거나 삶거나 굽거나 튀기는 조리 방법에 따라 맛이 또 한번 달라진다. 간장에 찍어 먹을 때와 국물에 넣어 먹을 때의 맛도 다르다. 전국적으로 맛있는 만두가게와 만두 장인은 또 얼마나 많겠는가. 먹어본 만두보다 아직 맛을 보지 못한 만두가 수백 수천 배는 많을 터. 누가 내게 최고의 만두집 꼭 하나만 꼽아보라고 하면 머릿속이 복잡해지는 이유다. 아무리 만두를 좋아한다 자부해도, 거대한 만두의 세계를 올려다보면, 나는 아직 발치의 하룻강아지밖에 안 되는 존재인 것이다.

위치에 기반한 추천 정도는 가능하다. 이태원이면 '야상해', 강북이면 '수정궁', 강남이면 '봉산옥', 수원이면 '연밀' 이런 식으로 의뢰인에게 가까운 곳의 검증된 맛집을 알려주는 게 최선이다. 목적 충족형 답변도 있다. "군만두에 낮술 한잔하려고? 그럼 '오구반점'이나 '화상손만두'지." "부모님 모시고 갈 곳? 약수동 '처가집'만한 곳이 없어!" "여럿이서 이것저것 맛보고 싶으면 연남동 '연교' 어때?" 이 리스트를 차근차근 늘려나가 종내는 촘촘한 '전국 만두 대동여지도'를 그리는 게 인생 목표 중 하나다.

아. 우왕좌왕하지 않고 확실하게 말할 수 있는 것도 하나 있다. 만둣국은 해장으로 아주 좋은 음식이라는 점. 술 마신 다음 날, 이상하다 싶을 정도로 허기가 심하게 느껴질 때가 있는데, 든든하면서 부드럽게 속을 채워주는 만둣국 해장이 제격이다. 내수동 '평안도만두집'의 깔끔하고 슴슴한 만둣국, 합정동 '덕이손만두'의 만두전골 국물이 해장으로 마침맞다. 외식하러 나갈 사정이 안 되면 레토르트 사골 국물에 냉동만두를 넣어 끓이기만 해도 좋다. 여기에 굴과 대파를 넣으면 깊은 맛이 우러나와 웬만한 가겟집 요리 못지않으니, 제철에 굴을 사다가 소분해서 냉동해두기를 권해본다. 매생이나 황태도 좋

다. 취향에 맞는 만둣국 '비법 재료'를 갖춰놓고 있으면 숙취의 아침이 확실히 덜 괴롭다. 어쩌면 다음 날 해장 만둣국을 더 간절히, 더 맛있게 먹기 위해 과음을 용인하는 부작용이 생길지도 모르겠지만?

해장술은 특급열차야

숙취의 괴로움은 아무리 공들여 묘사해도 성에 차지 않는다. 그 고통을 어떻게 글로 표현할 수 있을까? 머리통은 산산조각 날 것 같고 독성물질에 젖은 위장은 당장이라도 입 밖으로 튀어나올 것처럼 꿀렁거린다. 입안은 모래를 가득 물고 있는 듯 까끌거리고 계단에서 굴러떨어진 것 마냥 사지가 쑤셔온다. 여기에 토사곽란까지 겹쳐 화장실을 들락거리다 보면 바닥이며 벽, 천장이 죄다 회전 놀이기구처럼 빙빙 돈다. 숙취는 크게 속이 쓰린 위장파와 머리가 아픈 두통파로 나뉘고 지옥 of 지옥의 숙취는 그 둘이 손잡고 함께 오는 건데, 나는 위장만은 튼튼해서 속쓰림을 경험해본 적이 거의 없다. 대신 두통이, 정말 인간의 몸이 이렇게 아플 수 있나 싶을 정도로 심하다. 고개를 아예 들 수가 없다.

그런데 참 이상하게도, 격렬한 고통 한가운데서 몸을 웅크리고 땀을 삘삘 흘리고 있다 보면, 아주 가끔은 이 상태가 달콤하게 느껴지기도 한다. (마조히스트 아닙니다.) 응당 받아야 할 벌을 비로소 받았다는, 후련함과 안도감 같은 것이리라. 아파도 싸지, 당연한 결과다, 정신 좀 차리자, 이런 반성과 함께 최소 며칠은 금주를 하겠다는 다짐이 절로 이어진다. 술 마시느라 흐트러진 일상성을 다시 회복하겠다는 생각만으로도 안온함이 느껴지고, 또 든든한 방패가 되어주기도 한다. 오후 4시만 되면 일 끝나고 한잔하자고 꼬드기는 악마 같은 술친구들도 "숙취가 있어서…." 한마디면 순순히 물러난다. 그 어떤 핑계를 대도 집요하게 달라붙어 결국은 술을 먹게끔 하는 악마라도, 숙취라는 단어 앞에서는 더 이상 말을 얹지 않는다. 그 고통을 너무나도 잘 알기 때문이다.

숙취에도 장점이란 게 있다면 오직 그것뿐이다. 반성하고, 쉬게 하는 것. 술을 마실 때야 언제나 즐거움뿐이다. 이 세상에는 맛있는 술, 맛있는 음식이 너무 많고 하찮은 일로도 까르르 웃고 떠드는 친구들과의 시간은 너무 즐겁고 행복하다. 천국이 따로 없다. 다만 다음 날이 되면 어김없이, 즐거움과 정비례한 크기로 찾아오는 숙취가 괴로울 뿐이다.

우리는 의식적이든 무의식적이든 숙취를 어느 정도는 염두에 두고 술을 마신다. 금요일에는 마치 내일이 없는 것처럼 마시지만 출근을 앞둔 일요일 밤에는 눈치를 보며 살살 마시거나 아예 술자리를 피하는 것이다. 그런데 만약 숙취란 게 없다면? 소주 한 짝을 마셔도 다음 날 말짱하다면? 즐겁고 맛있고 행복한 천국뿐이므로 오늘도 내일도 모레도 신나게 마셔댈 거고 그럼 어느 날 진짜 천국에서 눈을 뜨게 될 것이다. 아닌가, 지옥인가?

어불성설 같지만, 숙취는 꼭 필요하고 소중하다. 너무 많은 독성을 해독하느라 혹사당한 장기들이 보내는 강력한 경고 사인. 그러니 숙취가 오셨다 하면 겸허히 받아들이고 어떻게든 참고 견뎌야 한다. 최선을 다해 해장을 하고, 그것조차 힘들면 잠, 물, 똥 3원칙이라도 충실히 따라야 한다.

그런데 해장술이라는 게 있다. 해장을 하면서 같이 곁들이는 술. 또는 해장을 위해 단독으로 마시는 술. 역사는 아주 오래되었다. 기원전 400년경 고대 그리스인이 쓴 문장을 보자.

개에 물린 상처엔 그 개의 털을 이용하듯
술은 다른 술로 해결하고
일은 또 다른 일로 해결하라.

사람들은 이 방법을 오랫동안 시도해왔다. 고대에 이어 중세시대까지도 많은 의사들이 여러 크고 작은 병에 '최고의 약'이라며 술을 처방했다. 서양인들은 지금도 칵테일 또는 맥주로 해장하는 일이 흔하다고 한다. 이런 건 또 지지 않는 한국이라, 이른 아침 해장국집 테이블 위에서 소주병을 발견하기란 결코 어려운 일이 아니다. 해장술 한잔이면 속이 확 풀린다고 주장하는 자들이 어제도 오늘도 거리를 활보하고 있다. 정말일까? 정말 숙취 해소 효과가 있을까?

그럴 리가 있나! 말도 안 되는 소리다. 머리가 깨질 것 같고 속이 뒤틀릴 때 술을 몇 잔 마셔주면 통증이 일순 사라지기는 한다. 아니, 사라지는 것처럼 느껴진다. 실제로 숙취가 사라진 게 아니라 감각이 마비된 것뿐이다. 숙취를 유발하는 원인은 아직까지 뚜렷하게 밝혀지지 않았는데, 최근 가장 주목받는 이론은 '염증반응가설'이다. 알코올이 우리 몸에 들어오면 일종의 병균으로 파악해 우리 몸의 면역체계가 작동되고 염증반응이 일어난다는 것이다.

즉 숙취는 몸이 병든 상태다. 병이 났는데 술을 마신다? 불난 집에 기름을 붓는 격이다.

해장술을 마시는 이유는 숙취의 고통을 참지 못해서다. 고통을 대면하지 못하고 피하기. 덮어버리기. 미뤄버리기. 아침에 견디지 못한 고통이 오후에 몸집을 불려서 다시 찾아오는데 그때라고 버틸 수 있을까? 한 잔 더 마셔서 또다시 유예시키면 될까?

만약 그렇게 해장술이 낮술과 밤술로 이어지면 '장취' 상태가 된다. '장취'라는 단어를 들어본 적이 있는지? '장기간 취해 있는 상태'를 일컫는데, 나는 이 무시무시한 단어를 알코올중독자 커뮤니티를 통해 알게 되었다. 하루 만에 술을 멈추면 다행이지만, 진짜 장취 상태에 돌입하면 짧게는 며칠, 길게는 한 달씩이나 아무 일도 하지 못하고 오로지 술만 마신다. 중독자의 상당수는 위험천만하고 고통스러운 장취의 늪에 빠졌다 나오곤 하는데, 그 시작은 언제나 '해장술 한 잔'이었다. 숙취로 어지럽고 괴로운 새벽, '해장캔' '모닝맥' 하나 딱 마시면 그게 그렇게 맛있고 황홀할 수가 없더란다. 이대로 죽어도 좋다는 생각이 들 만큼 그렇게 맛있더란다. 그리운 듯, 꿈꾸는 듯 그 맛을 묘사하던 그들은 다시 표정을 가다듬고 엄중하게 말했다. 해장술을 시작하는 순간 "알코올중독행 특급열차"를 탔다고 보면 된다고. 절대 그 한 잔을 허용하지 말라고.

그러니 참자. 참는 거다. 숙취는 자업자득, 인과응보다. 술자리의 즐거움만 취하고 그 결과물인 괴로움을 외면하려고 꼼수를 쓰다 보면 걷잡을 수 없는 상황에 처할 수도 있다. 숙취를 견디지 못하겠으면 애초에 술을 마시지 말 일이다. 가장 현명한 행동은 숙취가 없을 정도로만 술을 적당히 마시는 걸 테고. 여하간 해장술은 마셔서도 안 되고, 남에게 권하는 건 더더욱 안 된다. 해장을 하는 자리에서 쓸데없이 객기 부리느라 해장술을 권하는 자가 종종 있는데, 절대로 받아줄 필요가 없다. 설령 본인이 숙취가 별로 없는 상태라든가 알코올 분해 능력이 뛰어나서 한 잔 정도는 괜찮다 하더라도, 다른 사람을 위해서 단호하게 거절하자. 한번 받아주면 여기저기 계속 권할 테니까. 이제 내 주위에는 이런 사람이 없지만, 행여 해장술 강권하는 사람이 나타난다면 난 그 자리에서 곧장 인연을 끊을 거다. 아무 생각 없이 남의 하루, 잘못하면 남의 인생을 망치려는 사람과는 상종도 하기 싫으니까.

해장은 언제 시작되는가

숙취 전문가 M씨와의 설전

필름이 끊긴 상태에서 저지른 만행 중 가장 충격적이고 경악할 사건은 독립한 첫 해에 일어났다. 당시 나는 처음으로 가지게 된 나만의 코딱지만 한 주방에서 이것저것 요리 해 먹는 재미에 푹 빠져 있었다. 가까운 망원시장에서 장을 봐 와서 곧잘 반찬이며 안주를 만들어 먹었다. 문제의 그날, 얼큰하게 취해서 귀가했다. 가방은 이쪽에, 옷은 저쪽에 휙휙 던져놓고 씻지도 않은 채 침대 위로 쓰러져 잤다, 고 생각했다.

다음 날 아침 물을 꺼내 마시려고 냉장고 문을 열기 전까지는 말이다. 깜짝 놀라서 뒤로 벌렁 자빠질 뻔했다. 냉장고 중간 선반, 그 한가운데에 콩나물국 한 냄비가 다소곳이 놓여 있었다. 밀폐용기에는 볶음김치도 담겨 있었다. 누가 나 몰래 여기 들어왔나? 도어록 비밀번호를 아는 사람은 아무도 없는데? 집에 우렁각시가? 한 10초 정도 멍하니 있다가 비로소 깨달았다. 침입자도, 우렁각시도 아니었다. 내가 한 짓이었다. 아침에 일어나 해장을 하겠다는 일념으로 그 새벽에, 그 정신에 콩나물국을 끓이고 김치를 볶아서 냉장고에 고이 모셔둔 거였다. 싱크

대에는 과연 요리의 흔적이 지저분하게 남아 있었으나 단 한 장면도 기억나지 않았다. 등골이 서늘했다. 최소 20여 분은 걸렸을 텐데 완전히, 통째로 기억을 못한다는 데 경악했고, 그 정도로 대취한 상태에서 칼과 불을 썼다는 사실에 섬뜩했다. 가스불 위에 냄비를 올려놓은 채 곯아떨어지기라도 했으면 어쩔 뻔했냐 말이다. 이때 하도 충격을 받아서 그 뒤로 '한동안은' 필름이 끊길 때까지 마신 적이 없다. (그 뒤로 '한 번도 없다.'고는 말하지 못하는 게 부끄러움 포인트.)

지금 생각하면 웃음이 나온다. 많이 마셨다는 걸 그 정신에도 알긴 알았던 거지. 다음 날 정상적으로 출근해서 일하려면 해장을 해야 한다는 걸 본능적으로 예감하고 그 새벽에 살뜰하게 콩나물국을 끓였던 것이다. 콩나물을 다듬고 끓이면서 얼마나 뿌듯하고 든든했을까. 준비성 있는 나 자신을 얼마나 셀프 칭찬해주었을까.

심지어 맛도 있었다! 술자리에서 종종 '필름 끊김' 관련된 화제가 나오면 나는 10년 전에 있었던 이 이야기를 들려주곤 한다. 흑역사랍시고 멋쩍은 듯 말하지만 기저에는 얄팍한 자부심이 은근히 깔려 있기도 하다. 술을 마시고 곤드레만드레 취하는 데 그치지 않고 다음 날 해장까지 철저히 준비해두다니, 이만하면 주당 중에서도 꽤 고수가 아닌가 하고 말이다.

그런데 갑자기 내 자부심 흘러넘치는 얼굴에 대고 콧방귀를 빵 뀌는 자가 나타났다. 음주 및 숙취 전문가라고 자신을 소개한 M씨. 그의 다소 과격한 주장에 따르면, 해장을 술 마신 다음 날 하는 자는 하수다. 자기 전에 해장을 하면 중수. 고수는 1차와 2차 사이, 2차와 3차 사이에 막간 해장을 한다. 그러니 콩나물국을 끓였으면 그걸 먹고 잤어야지, 다음 날로 미뤘으니 하수라는 거다.

과연 그럴까? 나는 곧바로 반박했다. 해장을 흔히 '장(腸)'을 풀어주는 거라고 생각하기 쉬운데 본딧말은 해정(解酲)이다. '해'는 푼다는 뜻, '정'은 숙취를 말하니 숙취를 푸는 게 해장이다. 숙취는 자고 일어났는데도 술의 취기가 깨지 않는 것. 그러니 단어의 뜻을 보면 해장은 술 마신 다음 날 하는 게 맞다. 이를 지적하자 M씨는 혀를 끌끌 찼다.

"숙취가 다음 날 오는 거라고? 이봐요, 혹시 술 마시던 도중에 숙취 온 적 없어요?"

말문이 막혔다. 가끔 겪어본 일이다. 낮에 반주라도 한 날이면 저녁 무렵에 꼭 한번씩 머리가 깨질 듯 아파온다. 술이 쌓이면서 뭉근히 취하는 것과는 전혀 다른, 날카롭고 강렬한 통증이다.

"그게 다 술이 깨느라 그런 거예요. 낮에 마신 술이 슬슬 깨는 거지. 숙취의 원인이 되는 아세트알데히드가 분해되는 데 드는 시간이 사람마다 다르기도 하고, 하여간 당신처럼 주구장창 마시는 사람이라면 잠자리에 들기 전에 이미 숙취가 시작되기도한다니까?"

그러니 술자리가 길어진다 싶으면 아세트알데히드 분해를 조금이라도 돕는 막간 해장을 해줘야한다는 게 전문가의 주장이다. 나는 약간은 풀이 죽어 되물었다.

"뭐, 뭐로 막간 해장을 하는데요?"

M씨는 씨익 웃으며 답했다.

"편의점에 다~ 있죠. 삶은 계란 하나 먹어도 좋

고. 헛개차나 보리차 같은 음료, 토마토 주스, 다 좋아요. 아이스크림도 아주~ 훌륭하지.”

마지막에서 어쩐지 신뢰감이 떨어졌지만 바로 반박할 수가 없었다. 숱한 경험이 있었기 때문이다. 3차 가기 전에 시원한 아이스크림 하나 딱 물어주면 술이 깨는 기분이 들었다. 하지만 그건 해장 타임이라기보다는 앞으로 더욱 가열차게 마실 추진력을 얻기 위한 휴식 타임 아니었나…. 독성물질 아세트알데히드가 아이스크림 하나 먹는다고 분해가 잘될까…. 내가 유사과학 신봉자를 바라보듯 미심쩍은 표정을 짓자 M씨는 서둘러 ‘중수편’을 설파하기 시작했다.

“중간중간에 뭘 찾아 먹기가 힘들다 싶으면 마지막에 잘 먹어주면 됩니다. 대미를 장식하는 거죠. 술이랑 안주랑 아무리 많이 먹어도 술자리 끝날 때쯤 되면 꼭 배고프지 않아요? 라면! 특히 라면 먹고 싶고 말이죠? 그게 다 우리 몸이 원해서 그래요. 부글부글 끓기 시작하는 속을 탄수화물이 살살 달래줘야 합니다.”

가만히 듣고 있던 내가 “그건 알코올이 식욕과

관련된 신경세포를 활성화시켜서⋯"라고 말문을 떼자 M씨는 느닷없이 고함을 지르며 입을 막았다.

"아, 거참! 자기 전에 해장하고 잔 적, 있어요, 없어요? 그것만 딱 말해봐요!"

왜 없겠는가⋯. 왜 없겠는가⋯. 내가 바로 '해장하고 자자.'는 유혹에 한평생 지고 있는 사람인데 말이다. 술을 한잔 더 하기 위해 안주를 시키거나 '막차'를 가는 건 제외하고도, 나는 꼭 마지막에 뭘 그렇게 많이 먹었다. 아니, 먹고 있다. 시작은 우동이었다. 이십대 때 홍대에서 술을 마시면 꼭 마법처럼 대로변에 나타나 있는 분식 트럭에서 우동을 먹고 집에 들어갔다. 아아. 저 멀리서부터 펄럭펄럭 온몸으로 나를 부르던 노란색 '우동' 깃발이 아직도 눈에 선하다. 몇 블록 떨어진 '조폭떡볶이' 트럭에서 떡볶이와 어묵도 숱하게 먹었다. 두 곳 모두 새벽까지 술을 마시다 배가 고파진 홍대 술벌레들의 오랜 단골집이었다.

그뿐이랴. 한남동 우리은행 앞 포장마차에서 해치운 잔치국수는 몇 그릇이며, 혜화역 지하 중국집에서 먹어댄 새벽 5시의 짬뽕과 탕수육은 또 몇 그릇이랴. 24시간 문을 열었던 '포호아'에서는 또 얼마나 많은 쌀국수를 먹었는지. 말하자면 끝도 없다. 바로 최근에도 집에서 술을 마시다가 배가 잔뜩 불렀음에도 냉동닭발을 데우고 라면을 끓였다. 다음 날 일어나 보니 염분 때문에 눈이 퉁퉁 붓고 몸무게는 1킬로그램이 늘어 있었다. 나는 마음을 굳게 먹고 전문가 M씨에게 따지기 시작했다.

"좋아요. 해장 음식을 먹고 자면 숙취 해소 효과가 있다는 거죠, 지금? 과학적인 근거 딱 하나만 대 보세요."

쉴 새 없이 떠들던 M씨의 입이 딱 닫혀버렸다.

"아까 아세트알데히드가 어쩌고 했던 것처럼, 믿을 만한 과학적 근거가 있다면 얘기 좀 해보시라구요."

M씨는 다소 비굴한 표정으로 눈알을 굴리더니 작은 목소리로 웅얼거렸다.

"그 뭐, 과학적 근거보다는 경험적 사례로… 뭘 좀 먹고 자면 다음 날 확실히 속이 괜찮…지 않나요?"

나는 아까 그가 했던 것보다 두 배는 더 세게 콧방귀를 빵! 뀌고 나서 말했다.

"자기 전에 해장은 개뿔! 그냥 취해서 폭식하는 거거든? 꿀물이나 이온음료는 마시고 자는 게 좋다지만, 라면 같은 거 잔뜩 먹고 자면 속이 더 불편해지거든? 해장은 술 마신 다음 날 하는 게 맞아! 그러니 콩나물국을 끓여놓고 잔 내가 고수 맞다, 이 사기꾼 자식아! 당장 꺼져버렷!"

M씨는 눈물을 줄줄 흘리면서 사라졌다.

* * *

"한 개? 두 개?"

"어? 뭐?"

정신을 차려보니 우리 집 식탁이다. 얼굴이 불콰하게 물든 남편이 5리터짜리 박스 와인을 사이에 두고 앉아 히죽 웃고 있었다.

"라면 두 개 끓인다? 만두도 먹을 거지?"

"지금 몇시… (두리번) 헉. 1시잖아? 아우, 너무 늦었는데…."

"그래서, 안 먹는다고?"

순간 음주 및 숙취 전문가 M씨의 얼굴이 퍼뜩 스쳐 지나갔다. 동그란 얼굴에 처진 눈, 뿔테 안경, 미치광이 과학자 같은 헤어스타일…. 아… 나구나. 잠깐 졸면서 나 자신과의 싸움을 벌였구나. 나는 분명 M씨, 아니, 악마 미깡을 이겼어. 그 자아가 지껄인 말들은 전부 헛소리라고! 자기 전에 뭘 먹는 건 도움이 안 돼! 그건 해장도 뭣도 아니야! 하지만 내 뚫린 입에서 나온 말은…

"두 개에 만두 콜."

최악의 해장 음식을 대령하라

숙취의 괴로움으로 몸부림치고 있는 사람을 보면 같은 술꾼으로서, 그 고통을 너무나도 잘 아는 경험자로서 마음이 긍휼해진다. 따뜻하고 순한 국물을 구해다 먹이고 싶어진다. 가방 속의 물이라도 얼른 꺼내서 건네주고 싶다. 친한 사람이 괴로워하면 말할 것도 없고, 낯선 사람이라도 그 모습을 보고 있자면 마음이 짠해진다.

어느 날 나는 출근 시간대의 6호선 전철 안에서 시방 이 지구에서 가장 고독하고 괴로운 숙취인과 마주 앉아 있었다. 이십대 후반쯤 되었을까. 광대뼈를 감싼 피부와 목덜미가 아직도 술기운에 빨갛게 물들어 있는 그녀는 가뜩이나 울렁거리는데 전철이 흔들릴 때마다 더 구역질이 나는 듯 어깨를 옴찔거리고 있었다. 아아, 가여워라. 상태 엄청 안 좋아 보이는데…. 저 몸으로 출근해봤자 험난한 하루가 기다리고 있을 뿐인데 휴가를 쓸 수가 없었구나. 그런 게 아예 없는지도 모르지. 얼른 출근카드 찍고 잠깐이라도 휴게실에서 쉬시면 좋겠네요. 그게 가능한 곳인지는 모르겠지만…. 직원 휴게실이 따로 없을지도 모르고….

이런저런 오지랖 넓은 생각에 잠겨 숙취인을 지그시 바라보다가 이런 생각에 이르렀다. 만약 내가 밤마다 이를 부득부득 갈 정도로 미워하는 사람이 숙취 때문에 힘들어하고 있다면 어떨까? 그때에도 과연 연민의 감정이 생길까? 아무리 미운 사람이라도 숙취에 절어 신음하는 모습을 보면 불쌍한 마음이 들까?

미운 사람을 떠올려보기로 했다. 한참을 생각해도 주변에서는 마땅한 자를 찾을 수가 없어서 옆 동네 연희동에 사는 한 나이 많고 뻔뻔한 남자를 떠올렸다. 갑자기 분노가 치솟았다. 옆에서 토악질을 하는 사람이 생판 모르는 이여도 술꾼의 의리와 연민으로 등을 두드려줄 수 있는 나지만, 연희동 그에게는 생쥐 털 한 가닥만큼도 연민의 감정이 솟질 않았다. 그저 더없이, 한없이 싸늘해질 뿐이었다. 그 사람을 떠올리자 상상의 장르가 한순간 일상물에서 스릴러로 바뀌었다.

좋아, 상황을 만들어보자. 그는 지금 숙취 때문에 쓰러져 있다. 집 안에는 우리 둘뿐. 그러나 대놓고 그를 해쳐서는 안 된다. 집 안에는 CCTV가, 집 밖에는 사설 경호원들이 지키고 서 있다. 공격은커녕 되려 그를 보살피며 해장을 도와야 하는 처지다. 내 정체, 내 증오심을 들키지 않고 합법적으로 해장 음 식을 '멕일' 방법을 찾아야 한다!

방법 1

가장 먼저 냉장고의 음료수들을 전부 치운다. 정수기 밸브를, 아니 아예 상수도 밸브를 잠가버린 다. 애타게 물을 찾던 그가 어찌된 일이냐고 물으면 수도관 공사 때문에 오전 내내 단수라고 친절하게, 나도 안타깝다는 듯이 대답한다. 조갈이 나 죽을 것 같은데 마실 수 있는 액체가 한 방울도 없는 상황만 큼 극강의 지옥이 없을 터….

방법 2

물을 찾아 주방까지 기어오다가 중간에 멈춰 엎 드려 있는 그에게 상냥하게 말을 건넨다. "뭐라도 좀 드셔야죠. 빈속으로만 계시면 탈이 나요. 곡기가 좀 들어가야 할 텐데?" 준비한 접시를 공손하게 내민 다. 희디흰 백설기다. 건포도나 콩 같은 건 한 알도 없어야 한다. 큼직하게 떼어서 손수 입에 넣어준다. 목이 칵 막힌다. 물은 당연히 없다.

방법 3

아니지. 노인이다 보니 떡은 위험할 수 있겠다. 목이 막혀도 너무 막힌다. 자칫 고의성을 의심받을 수 있으니 영양 밸런스를 고려한 메뉴가 좋겠다. "채소의 미네랄과 비타민에 고기의 단백질, 쌀의 탄수화물까지 조화롭게 어우러진 영양 식단입니다."라고 말하며 접시를 내민다. 김밥이다. 단무지는 미리 빼두었다. "가공식품은 몸에 좋지 않으니까요." 입에 하나 야무지게 넣어준다. 목이 칵 막힌다. 물은 당연히 없다.

방법 4

그러고 보니 떡과 김밥은 지나치게 서민적인 음식이다. 높디높은 담장 안에 사시는 분께는 그에 걸맞은 고퀄리티 해장 음식이 필요하다. 떨어진 기운을 보강해주고 혈액 순환을 도우며 두뇌 발달에도 도움을 주는 음식. 아미노산이 풍부해 술의 해독 작용을 도와주는 음식. 예로부터 '뼈 속의 산삼'이라 불렸고 쓰러진 소도 벌떡 일으킨다는 스태미나의 대명사, 그것은 바로 산낙지! 파워풀하게 꿈틀대는 산낙지를 그의 입에 쏘옥 넣어준다. "숙취 해소와 보양식으로 이만한 게 없답니다." 목이 칵 막힌다. 물은 여전히 없다.

방법 5

막걸리 먹고 취하면 다음 날 막걸리 비슷한 냄새만 맡아도 구역질이 나는 법. 전날 그가 무엇을 먹고 그렇게 취했는지 알아내어 똑같은 상을 차려준다. 족발을 먹었으면 족발을, 생선을 먹었으면 생선을. 술병도 마신 만큼 상 위에 똑같이 늘어놓는다. 혐오요법! 상차림을 보고 경악하는 그에게 순진무구하고 밝은 표정으로 말한다. "몹시 좋아하시는 음식이라고 들어서 정성껏 차려보았어요." 꾹 다문 입에 손가락을 넣고 기어이 벌려서 음식을 넣어준다. 오심 때문에 목이 칵 막힌다. 물은 없다. 영영 없다. 죽어도 없다!

'흐흐흐…. 또 뭐가 좋을까? 꾸덕꾸덕하게 끓인 카레? 비린내 나게 구운 고등어? 아아~ 무염버터 듬뿍 바른 퍽퍽하고 느끼한 스콘?'

불현듯 내려야 할 역의 안내방송 소리가 들려왔다. 공상에 너무 깊이 빠져 있었나? 앞에 서 있는 사람이 나를 이상하다는 듯 흘겨보고 있었다. 표정을 숨기지 못하고 흐뭇한 듯 사악하게 웃고 있었나 보다. 맞은편 숙취인은 어느 역에서 내렸는지 보이지 않았다. 힘내세요. 힘을 냅시다. 오늘도 뻐근한 숙취로 아침을 연 지구상의 모든 술꾼들이여, 오늘 하루도 부디 무탈하시기를. 좋은 해장 음식 드시고 기운 차리시기를. (한 명만 빼고! 영영 빼고!)

불멸의 해장 음식 삼대장

가장 선호하는 해장 음식으로 양평해장국과 평양냉면을 꼽은, 바로 그날 밤부터 매일 잠자리가 뒤숭숭했다. 눈을 감으면 원한이 담긴 음산한 목소리들이 싸늘하게 귓가를 스쳤다.

"내가… 다 죽어가는 너를… 얼마나 많이 살려주었는데…."

"은혜를 몰라도 유분수지! 평생 숙취의 노예가 되어서 개고생을 하여라!"

"양평해장국 걔는 맵잖아. 너도 이제 슬슬 담백한 게 좋지 않아?"

회한과 저주에 이어 이간질을 시도하는 목소리까지 마구 갈마든다. 나는 식은땀을 뻘뻘 흘리며 "쌀국수야, 정말 미안하다…. 콩나물해장국아, 양평이는 오해야. 사실 네가 최고야…." 이런 잠꼬대를 하면서 매일 밤 괴로움에 몸부림쳤다…는 건 물론 거짓말이고.

비록 양대 산맥으로 꼽히지는 않았으나 그 둘에 버금가도록 많이 먹고 신세도 참 많이 진 해장 음식들은 다음과 같다.

인스턴트 라면

라면은 참 애증의 음식이다. 술을 제외하면 '끊어야 한다.'고 정기적으로 다짐하는 유일한 음식이다. 그런 다짐을 일부러 해야 할 만큼 자주 먹게 된다. 무엇보다 간편하니까. 요리할 시간이 부족하거나 숙취에 절어 있거나 아니면 냉장고에 아무것도 없을 때 후딱 끓여서 한 끼를 해결할 수 있으니까. 물론 맛도 있다. 계속 먹어도 물릴 틈이 없다. 신상 라면들이 부지런히 출시되기도 하고, 똑같은 제품이라도 어떤 부재료를 넣는지에 따라 다양한 맛으로 변주가 가능하다. 내가 끓이는 라면의 기본형은 언제나 계란 반숙에 파 잔뜩. 파는 '송송이'보다 '길쭉이'가 좋다.

라면 한 개로 살짝 부족할 것 같으면 냉동만두를 투하한다. 왠지 건강하게 먹고 싶은 날엔 분말수프를 반만 넣고 양배추, 토마토, 버섯 등을 잔뜩 넣어 먹는다. 꽃게철이 되면 시장 어물전에서는 몸통에서 떨어진 다리만 모아서 싸게 파는데, 이걸 잘 씻어서 냉동해두고 라면에 하나씩 넣어 끓이면 제법

해물라면 맛이 난다. 라면 계획이 전혀 없었는데, 심지어 다른 요리를 준비하고 있었는데 너무나 아무렇지도 않게 라면으로 진로 변경하는 일도 있다. 맛있게 잘 익은 총각김치나 고수잎이 생겼다? 거두절미하고 라면 물을 올린다.

뭐니 뭐니 해도 라면은 '술과 함께'다. 술 마실 때에도 먹고, 술자리가 파하면 해장이랍시고 먹고, 술 마신 다음 날 또 먹는다. 라면에 숙취 해소 효과가 있네 없네 따지는 건 중요하지 않다. (있을 리가 없잖아?) 라면을 많이 먹는 이유는 그냥 우리가 라면을 너무 사랑해서다. 횟집에서 회를 잔뜩 먹고 매운탕에 밥까지 야무지게 먹었는데, 잊지 않고 라면 사리를 추가하는 게 바로 우리 한국인이다. 부대찌개 집에 가보면 라면 사리 없는 테이블은 1%도 될까 말까다. 즉석떡볶이도 마찬가지. 하여간 국물이 조금이라도 있다 싶으면 라면을 끓이고 싶어 안달인 민족에게 라면은 해장 음식을 넘어 그저 사랑이다. 순정이다. 양평해장국, 평양냉면보다 몇 배, 몇십 배나 더 많이 먹었지만 바로 그 일상성 때문에, 해장이 아니어도 늘 자주 먹는 음식이기 때문에 '최애 해장 음식'으로 꼽지 않았을 뿐이다. 이 결정에 라면도 크게 섭섭해하지 않으리라 본다. 내가 너를 엄청 사랑하는 거 알잖아? 헤어지자고 해놓고 금방 다시 돌아가는 것도? 그러니 기분 풀렴~

콩나물국밥

콩나물국밥은 숙취 해소에 도움을 주는 아스파라긴산이 풍부하고 맛도 자극적이지 않아 명실공히 해장계의 모범답안으로 꼽힌다. 가게도 많은 편이고 집에서도 간단히 만들 수 있어서 라면 다음으로 많이 먹은 해장 음식이다.

만드는 방식에 따라 직화식과 토렴식으로 나뉘는데, 집에서는 직화식으로 만드는 게 수월하다. 뚝배기에 밥과 콩나물, 김치 등을 넣고 팔팔 끓인 뒤 새우젓으로 간을 맞추면 된다. 수란이 따로 있으면 좋겠지만 해장이 필요한 순간에 그걸 만들고 있을 확률은 한없이 0에 수렴하므로 계란을 살짝 풀어서 같이 끓이곤 한다.

밖에서 사 먹을 때는 토렴식, 즉 뚝배기에 밥과 콩나물을 담은 뒤 육수를 부어 내는 방식의 국밥을 주문한다. 온도가 적당해서 위에 부담이 덜하고 입천장이 홀랑 까지는 일도 없다. 이 토렴식 국밥을 남부시장식이라고도 한다. 가끔 전주에 가면 남부시장 안에 있는 '현대옥'에 반드시 들르는데, 그 전날은 또한 반드시 엄청나게 과음을 하고 만다. 왜일까? 다음 날 현대옥 콩나물국밥이 나를 살려낼 거라는 믿음이 있어서일까? 한마디로 든든한 '빽'이 있어서? 정답: 전주에는 맛있는 술과 안주가 너무 많아서 과음을 할 수밖에 없다. (50점) 나는 언제 어디서나 과음을 한다. (100점)

지금 살고 있는 동네에서는 여러 곳을 탐방해 본 결과 합정동의 '비사벌 전주 콩나물국밥'집이 취향에 딱 맞는다. 맛있고, 그 맛이 언제나 일정하고, 가게는 깔끔하며, 수란이 언제나 쌍란이라서 보너스를 받은 기분이다. 김가루 넣어 휘휘 섞은 수란에 아삭아삭한 콩나물을 찍어 먹으면 그 맛은 정말이지 끝내준다. 가끔 아이가 늦잠을 자서 셔틀버스를 못 타게 되면 유치원에 직접 데려다줘야 하는데, 이런

날은 서로 말하지 않아도 우리 부부가 비사벌에 가는 날이다. 아이가 늦잠을 자는 이유는 십중팔구 술꾼 부모가 술을 마시느라 다같이 늦게 자서고 (미안하다!) 그러니 이 못난 부부는 해장이 필요하기 때문이다. 아이를 유치원에 내려주고 합정으로 차를 몰아 콩나물국밥을 주문한다. 숙취 때문에 머리는 아프고 거울에 비친 모습은 더할 나위 없이 꼬질꼬질하다. '남들은 다 출근해서 일하는 시간에 이래도 되는 거냐?' 하고 한숨이 나온다. 하지만 맛있는 국밥한 그릇 든든하게 먹고 나면 슬금슬금 웃음이 나오면서 '남들은 다 출근해서 일하는 시간에 이러고 있으니⋯ 너무 좋다! 프리랜서 최고야!' 생각한다. 하루의 시작이 살짝 늦어졌을 뿐, 이제부터 열심히 일하면 되니까! 이렇게 또 하루의 힘을 충전해서 나오는 거다.

　말이 나온 김에 하나 고백하자면, 아이가 제시간에 잘 일어났는데도 내가 한없이 미적거리면서 유치원 버스를 보내버린 적도 몇 차례 있다. 콩나물국밥이 너무 먹고 싶어서⋯. (미안하다! ×2)

베트남 쌀국수

앞에서도 말했지만 이 세상에 숙취를 없애주는 음식은 없다. 전 세계 의학계와 기업들이 궁극의 숙취 해소법을 찾기 위해 오랫동안 고군분투하고 있으나 뾰족한 답이 없는 게 현실이다. (병원에서 수액을 맞는 게 그나마 가장 효과가 빠르지만 지금은 음식 이야기를 하는 중이니까.) 영국의 작가 킹슬리 에이미스는 이런 말을 남겼다.

"확실하고 즉각적인 숙취 해소법을 찾는 일은 신의 존재를 찾는 것과 공통점이 있는데, 그건 바로 불가능하다는 점이다."

즉각적이고 완벽하게 숙취를 없애주는 음식은 없다. 하지만 숙취 해소에 '도움을 주는' 음식은 분명 있다. 콩나물국과 더불어 쌀국수가 그렇다. 쌀국수에 듬뿍 들어가는 숙주나물은 콩나물과 마찬가지로 아스파라긴산을 포함하고 있어서 숙취 해소에 도움을 주며 숙주의 차가운 성질은 몸의 열을 내리는 역할을 한다. 함께 곁들여 먹는 고수, 양파, 라임은 비타민이 풍부하고 소화작용을 촉진해준다. 또 먹기에도 편안하다. 쌀국수 국물은 기름기가 적어서 담백하고 개운하다. 얇고 가벼운 면은 후룩후룩 잘도 넘어가서 위에 부담도 덜하다.

사실 처음부터 단박에 좋아하게 된 음식은 아니다. 한국에 베트남 쌀국수 전문점 '포호아'가 최초로 상륙한 게 1998년. 제1호 매장은 삼성동이었고 이후 체인점이 급속도로 늘어났다. 내가 살던 서울 서북부까지 진출을 했을 때에야 처음 쌀국수라는 음식을 맛보게 되었는데, 새로워도 너무 새로웠다. 일단 한평생 무쳐 먹기나 하던 숙주나물이 날것으로 수북하게 담겨 나오는 데 시각적인 충격을 받았고 향이 강한 새콤한·국물도 입에 설었다. 고수의 맛과 향은 더더욱 알지 못할 때였다. 나는 언제나 '좋은 음식은 술을 부른다.'는 신조를 가지고 있는데, 결정적으로 이 베트남 쌀국수를 안주로 먹는 사람은 눈을 씻고 찾아봐도 없었고 처음 마셔본 베트남 맥주는 싱겁기만 했다. 이런 이유들로 이 새로운 음식에 적응하는 데 시간이 꽤 걸렸다.

그러던 어느 날 쌀국수가 술을 부르진 않아도 숙취를 쫓는 데에는 힘 좀 쓴다는 걸 안 뒤로는 바로 나의 친위대로 삼게 되었다. 나는 몸이 차고 땀이 없는 체질이라서 매운 음식을 먹어도 땀을 거의 흘리지 않는데, 신기하게도 쌀국수를 먹으면 땀이 금세 송골송골 맺히곤 했다. 숙취가 있을 땐 땀을 좀 흘려줘야 몸 안의 나쁜 독성과 술기운이 빠져나간다는 속설이 득세했을 때이므로 나는 자주 쌀국수집에 가서 땀을 흘렸다. 합정동 '리틀파파 포'를 사랑하여 오랫동안 일부러 찾아 다녔었는데, 요즘은 바로 지척에서 맛있는 쌀국수집을 두 곳이나 발견했다. 성산동 '사이공레시피'와 거기서 몇 걸음 거리에 있는 '타베타이'. 스타일과 개성이 아주 다른 두 집이라 그때그때 끌리는 맛으로 골라 먹을 수 있어서 행복한 요즘이다.

  그나저나 재미있는 이야기 하나. 베트남에서 해장 음식에 대한 설문조사를 했는데 베트남 사람들의 반응이 "응?" 이랬단다. 술은 원래 취하기 위해 마시는 거니까 따로 숙취 해소제나 해장 음식을 챙기지는 않는다는 것이다. 숙취 해소에 온 힘을 쏟는 우리와는 인식이 아예 다르다. 이 얘기를 듣고 가장 먼저

든 생각은 '한국인이 역시 징하게 마시긴 마시나 보다.' 두 번째 생각은 '베트남 사람들은 쌀국수를 일상적으로 먹고 있어서 따로 해장이 필요 없는 게 아닐까?'였다. 해장이 필요 없는 베트남 술꾼 여러분, 멋있고 부럽습니다.

평생 술과 함께한 인생길을 두 손 붙잡고 걸으며 숙취 해소를 도와준 세 친구. 라면, 콩나물국밥, 쌀국수. 이들은 나쁜 아니라 이 땅의 수많은 술꾼들을 묵묵히 도와주었고 앞으로도 언제까지나 함께할 불멸의 해장 음식들이다. 모두 고마워. 계속해서 잘 부탁한다! (이 정도면 충분히 마음을 전했으니 이제 잠자리가 뒤숭숭할 일은 없겠지?)

이날 밤 잠꼬대. "대구탕… 알지, 알지…. 닭개장 너도…. 동치미 국수 너는 어제도 도와줬지…. 알아, 미안해… 똠얌꿍! 맞다, 너도 있었지…. 내가 다 고맙지…. 다들 좀 진정해봐…. 웅얼웅얼…."

해장의 추억 by 술꾼도시처녀들

데뷔작『술꾼도시처녀들』이 세상에 공개되었을 때, 웹툰을 본 독자 열의 아홉은 캐릭터들이 전부 실존인물이고, 작가는 당연히 주인공 셋 중 하나라고 생각했다. 지금까지도 그렇게 생각하는 분들이 있으니 말 다했지. 하지만 세 주인공은 모두 가공의 인물이며, 연재를 시작한 2014년 3월의 나는 임신 3개월차였다. 애초에 '처녀'도 아니고 한시적이기는 하지만 '술꾼'도 아니었던 것이다. '술도녀' 작가는 매주 마감을 마치면 술을 궤짝으로 마시며 불금을 보낼 거라는 독자들의 예상과 달리, 나는 불러오는 배를 잡고 끙끙거리며 원고를 그리고 병원에 입원을 해서도 마감을 했다. 그해 9월에 출산하고 11월 한 매체와의 인터뷰에서 내가 '애 엄마'라는 걸 밝혔을 때 독자들이 받은 충격은 예상보다 훨씬 컸다. '처녀'가 아니라서 어쩐지 실망한 분들도 있었지만 대부분은 술 만화를 그리면서 정작 본인은 술을 못 마시고 있었다는 사실에 놀라고 측은해하셨다. 금주 상태에서 어떻게 술 만화를 그릴 수 있었냐고, 에피소드는 다 어디서 구하냐고 물으실 때마다 나는 빙그레 웃으며 답하곤 했다. "제가, DB가 좀 많습니다." 연재를 시작한 시점에는 술꾼처녀가 아니게 됐지만, 그전의 나는 십수 년간 술꾼도시처녀로, 그것도 자타공인 에이스 술꾼으로 살았으니 소재가 부족할 일은 전혀 없었다. (어째서 으스대고 있는 거냐!)

술꾼도시처녀 시절을 함께 보낸 친구들을 하나하나 떠올려본다. 천둥벌거숭이처럼 마시던 때, 서로 볼꼴 못 볼꼴 다 본 사이. 이들과의 술자리 일화만도 내 DB의 상당한 용량을 차지하고 있다.

박의령과 타바스코 버거

대학 동기인 박의령과 나는 신입생 예비소집일에 처음 만나, 보자마자 한눈에, 서로를 너무너무 싫어했다. 1,000미터 거리에서 봐도 우리의 스타일은 정반대였고 도무지 친하게 지낼 연결고리 같은 건 없어 보였다. 하지만 술의 위력, 아니 마력 때문일까? 술자리에서 우리는 갑자기, 단숨에 가까워졌고 대학 시절 내내 붙어 다녔다. 물론 안 맞는 건 안 맞는 거라, 사소한 일로 다투기도 잘했다.

식성도 반대였다. 나는 한식을 좋아하는데 의령은 한식만 빼고 다 좋아했다. 해장이 절실한 아침, 모두가 국물을 원할 때 의령은 혼자 피자를 먹자고 하는 애였다. 나는 그게 못마땅하면서도 결국에는 의령이 먹자는 걸 먹게 됐다. 사람을 그렇게 만드는 게 그 아이의 마력인지 매력인지 위력인지 모르겠지만 말이다. 그 무렵 '파파이스'에서 타바스코 버거라는 게 출시되었는데, 이것에 꽂힌 우리는 배가 고플 때는 물론이고 해장을 할 때에도 파파이스를 찾았다. 피자나 파스타, 햄버거 등 느끼한 음식으로 해장하는 사람이 있다는 걸 말로는 들어 알고 있었는데 박의령 덕분에 나도 햄버거 해장을 다 해보게 됐다. 처음에는 거부감이 들었으나 살짝 매콤한 맛의 타바스코 버거는 한식파이자 국물파인 내 입에도 꽤 괜찮았다.

그나저나 장학금도 받고 방학 때 이런저런 아르바이트를 열심히 했음에도 술을 너무 많이 마시는 바람에 급속도로 가난해진 나는 결국 학기 중에도 아르바이트를 하게 됐다. 중고차 매매 전단지를 뿌리는 일이었다. 땡볕 아래서 땀을 뻘뻘 흘리며 몇 시간을 일한 끝에 2만 원인가를 받았는데, 그 돈을 받자마자 박의령을 파파이스로 데려가서 타바스코 버거를 사주었다. 빨개진 얼굴로 헤헷, 웃던 의령의 모습이 아직도 생생하다. 지금은 사진작가이자 잡지 에디터로 잔뼈가 굵은 의령은 종종 내게 원고 청탁을 하거나 일거리를 던져주면서 타바스코 은혜를 갚고 있다. (내가 잊을 만하면 생색을 내고 칭얼거리기도 했지만.) 최근 들어 해장 음식 중에 뭐가 좋았는지 물으니 "배덕감과 함께하는 할랄푸드!"라는 답이 돌아왔다. 하여간 달라…. 독특해….

이은경과 강원대 짬뽕밥

지금으로부터 20년 전. 내 친구 이은경이 강원대학교에 합격을 하자, 우리는 물리적 거리가 멀어진다는 사실에 크게 상심했다. 중학교 때부터 단짝이었던 우리는 수많은 편지를 주고받고 밤이 깊도록 대화를 나누는 사이였다. 서로의 모든 것을 잘 안다고 생각했다.

그런데 춘천은 생각보다 가까웠다. 성인이 되어 같이 술을 마실 수 있게 되자 마치 새로운 친구가 하늘에서 뚝 떨어진 것만 같았다. 적당히 취한 상태에서 나누는 대화는 더욱 새롭고 즐거웠다.

더불어 이제 성인이 됐다는 흥분, 낯선 도시의 풍경에 이끌려서 나는 틈만 나면 춘천을 찾았다. 한번 가면 며칠씩 은경의 자취방에서 먹고 자고 술 마시고 심지어 강의실 맨 뒷자리에서 수업을 청강하기도 했다. 은경의 선배들은 나를 철학과 명예학생이라고 불렀다. 명예로운 행동을 한 건 하나도 없었지만 말이다. 그저 과 선배, 동기들과 매일같이 강대 후문의 슈퍼마켓이나 언덕길의 다 쓰러져가는 포장마차에서 술을 마셨다. 희한한 구조로 길쭉하게 생긴 은경의 자취방에서도 참 많이 마셨다. 그 방의 벽이 너무 얇아서, 옆방 복학생 선배가 밤마다 기타를 치는 소리가 너무 잘 들렸던 기억이 난다.

어디서 얼마나 마셨든 다음 날 해장은 인문대 근처 석재 신소재개발센터 건물에서 짬뽕밥을 먹는 걸로 정해져 있었다. 우리는 숙취가 아무리 심해도 마치 캠퍼스의 지박령이라도 되는 듯이 언덕을 넘고 넘어 석재까지 가고야 말았다.

사실 난 중식을 썩 좋아하지 않는다. 안주 삼아 먹는 요리는 좋아하지만 식사, 특히 짜장면과 짬뽕은 먹어야 되는 상황이면 그냥 먹는 거지, 내가 먼저 '먹고 싶다.'고 느끼는 일이 없는 음식이다. 하지만 춘천에서는 아주 당연하게 그리고 맛있게 짬뽕밥을 찾아 먹었다. 어쩌다 가게 문이 닫혀 있기라도 하면 나는 실망을 넘어 절망감에 몸부림을 쳤다. 다른 메뉴도 많았지만 어느 결에 짬뽕밥이 '춘천의 아침식사'라고 입력이 되어버려서 자연스럽게, 거의 무의식적으로 그걸 찾게 된 것이다. 불맛이 나는 얼큰한 국물은 해장으로도 좋았다.

그렇게 열심히 찾아 먹고, 또 맛있기도 했으면 웬만해선 짬뽕밥이 좋아질 법도 한데, 그 시절 이후로는 단 한 번도 먹은 적이 없으니 웃기고 의아한 일이다. 짬뽕밥에게 미안한 마음이 들 정도다. 도대체 뭘까? 그 집 짬뽕밥에 마약을 넣은 게 아니라면, 나는 그저 내 친구 이은경과 함께 비틀거리며 석재를 오가는 그 길, 그 시간을 사랑했을 뿐이었을까?

최소연과 찜질방 미역국

이번에는 반대로 친구가 나의 대학교에 찾아온 이야기. PC통신 천리안을 통해 알게 된 술친구 최소연. 만났다 하면 최소 새벽까지 마시는 최소연인데 박의령을 포함하여 미치광이 술꾼들이 진을 치고 있는 학교 축제에 초대했으니 결과는 뻔했다. 우리는 엄청 즐겁게, 끝내주게 많이 마셨다. 그랬던 것 같다. 뭐가 어떻게 즐거웠는지 디테일은 기억이 나지 않는다. 음…. 주점에서 편육 같은 걸 먹었던 듯싶다. 음…. 동아리방에 누웠는데 바닥이 얼음장 같아서 신문지를 덮었다가 이건 아니라고 울부짖었던 것도 같다.

눈을 떴을 때는 찜질방이었다. (갑자기?!) 지독한 두통을 느끼며 눈을 떴더니 시야를 막고 있는 건 웬 털북숭이 종아리…. 헉! 벌떡 일어나 보니 황토색 옷을 입은 인간들이 테트리스 게임처럼 서로의 몸통과 팔다리를 맞물려서 바닥을 빈틈없이 가리고 있었다. 축제 기간이라 우리처럼 집에 못 간 학생들이, 비유가 아니라 말 그대로 발에 차였다.

나는 황토색 조각들 사이에서 최소연 조각을 찾아내 그나마 바닥의 장판이 보이는 식당으로 향했다. 그리고 미역국을 먹었다. 두통 때문에 눕고 싶었지만 내 자리가 그새 사라져서 다시 누울 수 없어서였고, 먹는다면 라면을 먹고 싶었지만 식당 안의 사람들이 전부 미역국을 먹고 있기에 호기심이 생겨서였다.

커다란 국그릇에 가득 담겨 나온 미역국은 집에서 끓인 것에 비하면 고기도 몇 점 없었는데 의외로 맛있었다. 밖에서 미역국을 사 먹는 일이 없었으니 신선하기도 했고. 우리는 떨리는 손모가지에 힘을 주어 미역국을 열심히 떠먹고 한결 개운해졌다. 그리고 씻긴 씻어야 하니 여탕을 향해 갔는데, 2차 성징 이후로 친구 앞에서 옷을 벗는 건 처음이라서 미역국 먹을 때도 안 나던 땀이 삘삘 났다. 거의 등을 대고 걷는 기분으로 들어가 서로의 알몸을 못 본 척하느라 애쓰며 전광석화처럼 목욕을 했던 기억이 아직도 생생하다.

그런데 갑자기 궁금해졌다. 왜 찜질방에서 미역

국을 먹게 됐을까? 이은경에게 메시지를 보내 물어 보니 '옛날부터 산모들이 뜨거운 데서 몸을 지지고 미역국을 먹으며 몸조리했던 것과 같은 이치 아닐까?'라는 대답이 돌아왔다. 땀을 빼고 나서 보신을 하는 음식이라는 거다. 은경의 말은 믿을 만하다. 왜냐하면 은경의 어머니께서 우리가 중2 때 찜질방을 운영하셨기 때문이다. 나는 아무 생각 없이 놀러 갔다가 깜짝 놀랐다. 실내는 덥고, 웬 동굴 같은 게 있고 아줌마들이 모여 앉아서 미역국을 먹고 있었다. 도대체 뭘 하는 장소인지 감도 오지 않았다. 너무도 낯설고 센세이셔널했던 어머니의 찜질방은 안타깝게도 2년을 채우지 못하고 망했다. 시대를 너무 앞서가셨던 탓이다. 내가 알기로는, 그로부터 6~7년이 지난 후에야 찜질방 붐이 일어났다.

혹시 찜질방에서 미역국을 파는 문화가 은경의 어머니로부터 시작된 건 아닐까 하는 기대감에 부랴부랴 여쭤봤는데, 본인이 시초는 아니라고 하셨다. 그때 이미 한증막이라는 곳이 있어서 포대자루 같은 걸 뒤집어쓰고 미역국을 먹었다고 한다. 역시 '몸조리' 이론이 맞는가 보다.

미역국은 영양소가 풍부하고 맛도 순해서 숙취 해소에 도움이 된다. 술 마시고 찜질방에서 잤다면 '나는 지금 숙취 환자다.' 생각하고 미역국을 주문하자. 부드럽게 속이 달래질 것이다. 단, 술 먹고 사우나는 절대 금물.

아무튼 최소 새벽까지 마시던 최소연은 지금 호주에 건너가 살고 있다. 그곳에서 정착한 지 10년이 넘었고 앞으로도 계속 살 것 같다. 우리가 멀리 떨어져 있기 때문에 그나마 서로의 간이 남아나고 있다는 생각도 해본다. 얼마 전 그녀의 생일이어서 미역국은 먹었는지 물으니 거기서는 잘 챙기지 않게 된단다. 한국에 놀러 오면 찜질방에 데려가서 미역국을 먹여야겠다. 그땐 까치발로 걷지 않아도 되는, 넓고 쾌적한 곳으로 가야지. 이제는 홀딱 벗고 같이 목욕해도 아무렇지 않을까? 아니면 여전히 쑥스러울까?

참, 박의령도 부르고 이은경도 불러야지. 다 고만고만한 또래인 최소연의 아들과 이은경의 아들딸과 내 딸이 다 같이 망둥이처럼 뛰어놀겠지. 이 천진

한 2세들은 머리에 똑같이 황토색 수건을 말고 식혜를 마시며 과일을 깎아주는 제 엄마와 이모들이 젊었을 때 얼마나 천둥벌거숭이처럼 마시고 놀았는지 결코, 결단코, 꿈에도 모르겠지. 사실 지금도 너희가 잠들면 우리는… 아, 아니다. 이쯤에서 멈추는 게 좋겠군.

아빠와 나와 순댓국

이런 이야기가 있다. 한 부부가 통닭을 시켜 먹는다. 아내는 남편이 좋아하는 가슴살을 남편 앞에 놔주고, 남편은 아내가 좋아하는 닭다리를 다정하게 내민다. 그렇게 50년 동안 사이좋게 통닭을 나눠 먹었는데 생의 마지막 즈음에야 우연한 계기를 통해 진실을 알게 된다. 아내는 사실 닭다리를 싫어했다. 퍽퍽한 가슴살을 좋아했다. 남편은 그 반대였다. 이게 어떻게 된 일인고 하니, 닭을 처음으로 같이 먹을 때 자기가 좋아하는 부위를 양보했는데 상대가 별말 없이 또는 맛있다며 먹으니까 상대방도 좋아하는 줄 알았던 거다. 그래서 계속 서로에게 양보를 했던 것. 무려 50년이나!

이걸 감동 스토리로 받아들이는 사람도 있겠지만 나는 퍽퍽한 가슴살을 맥주도 무도 없이 삼킨 듯 속이 답답했다. 아니 왜 말을 안 하냐고! 닭다리가 좋으면 좋다고 왜 말을 못해? 그걸 어떻게 참을 수가 있어? 서로 터놓고 말했으면 통닭 먹을 때마다 얼마나 더 행복했겠냐고. 좋아하는 부위가 겹치지 않는 게 얼마나 큰 복인데 그걸 평생 누리지 못하다니! 그런데 생각해보니 이상하다. 닭다리도 가슴살도 두 조각씩 나오는데 왜 하나씩 나눠 먹지 않았을까? 너무 극단적인 거 아니야? '소통'의 중요성을 피력하기 위해 누군가 지어낸 이야기 같다는 합리적 의심을 해보지만 아무튼 교훈은 확실하게 전달된다. 말하지 않아도 아는 건 CM송에서나 있지 현실에는 없다. 말하지 않으면 모른다. 말해라!

나는 서른 살 봄에 독립하기 전까지 서울 등촌동에서 부모님과 함께 살았다. 독립하기 한두 해 전의 일이다. 5호선 발산역 근처를 걷던 중 웬 20세기 말 분위기의 순댓국집을 발견했다. 흰 바탕에 시뻘건 색으로 '순댓국 전문점 햇빛촌'이라고 적힌 간판이 허름한 가건물에 다소 낮게 걸려 있었다. 아직 내장의 맛은 모를 때지만 순대는 좋아했으므로 나는 이 집에서 해장을 한번 해보기로 결심했다. 그리고 얼마 지나지 않아 스테인리스 미닫이문을 삐걱삐걱 열고 안으로 들어갔고, 몇 분 뒤 이 집에 완전히 반해버렸다. 정말 너무너무 맛있었다. 국물은 꽤 진한데 누린내가 없었다. 순대와 함께 푸짐하게 담긴 돼지고기는 살점이 크고 탱글탱글했다. 다대기 간은 적당히 매콤하고 칼칼했으며, 밑반찬도 기본 4종(깍두기, 양파, 마늘, 고추)이 깔끔하게 잘 갖춰져 있었다. 그러면서도 가격은 저렴했다. 재방문 의사 1,000%에 달하는 귀하디귀한 집을 찾아낸 것이다. 이 맛있는 걸 함께 먹고 싶은 사람의 얼굴도 곧바로 떠올랐다.

그로부터 며칠 뒤, 두 번째 방문 기회를 호시탐탐 엿보던 내게 드디어 기회가 왔다. 엄마는 외출했고 나는 드물게 칼퇴근을 한 날이었다. 우장산에서 저녁 운동을 마치고 내려오는 아빠를 길목에서 기다렸다가 탁 붙들어 잡고 햇빛촌으로 향했다. 아빠는 우물쭈물하면서 따라왔다. 나는 기세 좋게 미닫이문을 열어젖히고 눈여겨봐둔 모둠고기 작은 사이즈와 술국을 주문했다. '참이슬 빨간 거'도 물론 잊지 않았다.

그날, 아빠와의 첫 데이트가 시작됐다. 아빠는 평생 일하느라 바쁘고 나는 평생 노느라 바빠서 밖에서 따로 만난 적이 한 번도 없었다. 아니 꼭 바빠서만은 아니겠다. 아빠는 일을 하지 않는 날에도 당신의 절간 같은 방에 들어가 혼자 있는 걸 좋아하는 조용한 사람이었다. 식사 때마다 반주로 '참이슬 빨

간 거' 딱 반 병을 마시는 게 아빠 인생의 즐거움이
었는데, 아무리 반찬이 맛있고 기분이 좋아도 반 병
을 넘기지 않는 (왜냐하면 좀 이따 또 마셔야 하니까.) 철
두철미한 사람이기도 했다.

아무튼 그날 나는 기분이 아주 좋았다. 곧 있으
면 삼십대니까 이미 어른이 맞는데도, 내가 찾아낸
허름한 노포에서 아빠와 마주 앉아 술국에 소주를
마시고 있으니 이제야 진짜 어엿한 어른이 된 것 같
았다. 앞으로 여기 술값은 내가 계산할 거라고 큰소
리도 빵빵 쳤다. 고기는 또 어쩜 그렇게 맛있는지.
아빠도 기분이 좋으셨다. 엄마가 옆에 있다면 하지
않았을 옛날 이야기도 술술 들려주셨다. 우리는 그
뒤로도 몇 차례 햇빛촌 순댓국집에 갔다. 모둠고기,
술국, 소주 두 병이면 딱 좋았다. 아빠 젊었을 적 이
야기도 하고, 같이 엄마 흉도 봤다. 그런 날에는 엄
마가 좋아하는 주전부리를 사서 들어갔다. 다른 가
족들과는 햇빛촌에 가지 않았다. 그곳은 온전히 아
빠와 나만의 장소였다.

둘만의 햇빛촌 데이트는 내가 독립을 하고 또

결혼을 하면서 더 이상 이어지지 않았다. 가끔 아빠와 술을 마시더라도 이제는 남편이 같이 있었으니까. 웹툰을 연재하면서부터는 서울 시내의 유명한 맛집들을 취재하고 다니느라 분주해서 햇빛촌은 까맣게 잊어버리고 있었다. 그로부터 몇 년 뒤, 아빠는 폐암 판정을 받았고 투병 5개월 만에 돌아가셨다. 그리고 나는 아빠가 돌아가시기 전 충격적인 사실을 알게 된다. 아빠는 순댓국을 싫어했다는 사실을.

나: 말도 안 돼…. 아빠 순댓국 좋아하잖아. 뭐 드셨냐고 물어보면 맨날 순댓국 먹었다고 했잖아!

아빠: 먹기야 먹었지. 현장 사람들이 가자고 하니까…. 아침에 문 여는 데도 별로 없고….

나: (부들부들) 좋아해서 자주 먹은 게 아니라고?

아빠: 하도 많이 먹어서 질려버렸지. 허구한 날 순댓국으로 해장하고 술도 먹고….

나: (폭발) 아, 근데 왜! 내가 햇빛촌 가자고 할 때 싫다고 안 했어?

아빠: 니가 맛있게 먹으니까….

며칠 전 햇빛촌을 다시 찾았다. 10년 전 그때도 단골손님이 많은 집이었는데 입소문을 타고 꾸준히 잘됐는지 확장 이전을 한 데다 분점도 내기 시작했다. 오전에 해장을 하러 간 거라 늘 먹던 모둠고기는 패스하고 순댓국을 시켰다. 맛이 여전히 좋았다. 어쩔 수 없이 아빠 생각이 나서 불쑥불쑥 명치가 뜨거워졌다.

닭다리와 가슴살을 50년이나 바꿔 먹은 노부부 이야기에 대해서는 여전히 답답한 마음이다. 제때 솔직하게 말을 했으면 괜히 서로 미안할 것도 없고 서운하거나 후회할 일도 없었을 텐데. 답답해. 진짜 답답해!

하지만 이제 조금은 이해할 수 있다. 아무리 솔직하고 칼 같은 사람이라도 인생에 한 번쯤은 입이 제때 떨어지지 않는 순간이 있다는 것을. 그리고 그 한순간 때문에 비밀과 거짓말을 오랫동안 혼자 감당하기도 한다는 것을. 예를 들면, 늦둥이 막내딸이 난생처음 밖에서 데이트를 하자며 팔짱을 끼던 날, 그 철딱서니 없는 딸이 아빠랑 꼭 와보고 싶었던 집

이라면서 "맛있지? 맛있지? 여기 진짜 끝내주지 않
아?" 하고 호들갑을 떨 때라면. 그럴 땐 도무지 입이
떨어지지 않는다는 것을.

위장 부부로 살아가기

얼마 전 '카카오톡 대화 내용 전부 공개하고 천만 원 받기 vs 포기하기' 설문이 SNS 상에서 화제가 됐었다. 정말로 천만 원을 주는 이벤트는 아니고 누군가 재미로 올린 문제였는데 결과적으로 이게 리트머스 시험지가 되어버렸다. 나나 내 지인들은 1초도 더 생각할 필요 없이 모든 걸 공개하고 천만 원 받기를 택했는데, 이 질문 앞에서 고민하고 주저하는 사람도 많더라는 얘기를 듣고 충격을 받았다. 천만 원을 준다 해도 공개할 수 없는 내용은 대체 무엇이겠는가.

공인도 연예인도 아니니 해킹을 당해 공개 협박을 받을 일은 없겠지만 워낙 관련된 이슈가 자주 터지다 보니 한번쯤 생각을 해보게 된다. 내 폰 안에는 세상에 드러내놓기 부끄럽거나 물의를 일으킬 내용은 없나? 남의 약점을 잡아내야 하는 자의 비열하고 냉혹한 시선으로 대화방 목록을 다시금 훑어봤다. 먼저 열한 명이나 모여 있는 친구들과의 단톡방. 사람이 많다 보면 확률적으로 '구멍'이 하나쯤 있을 법하지. 누군가를 욕한 일이나 성적으로 추악한 내용의 대화는 없나? "나 지금 이거 먹는다~" 자랑 멘트와 음식 사진 그리고 "술 먹자."는 소리뿐이군…. 패스! 언니 오빠와의 단톡방에 혹시 패륜적인 내용은 없나? 오빠가 뭐? 엄마 혼자 사는 집에! 삽사기 찾아가서! 호박즙이랑 칡즙 갖다드렸다고…. 응, 잘했네…. 그렇다면 남편과의 대화방이 관건이다! 가정 불화가 의심되는 단서가 숨어 있지는 않나? 아니, 하루에 주고받는 대화가 왜 이렇게 많아? 혹시 싸우는 건가?

실제로 타인이 우리 부부의 대화방을 열어본다면 완전히 질려서 금방 창을 닫아버릴 것 같다. 말이 너무 많고 그 내용이 또 너무 시시콜콜해서 말이다. 하루에도 족히 수십, 수백 마디씩 나누는 것 같다. 기본적으로 딸에 대한 이야기가 가장 많고(오늘 어떤 웃긴 말을 하더라, 하원해서 무슨 놀이를 했고 지금은 뭐 하고 있다, 내일 유치원 준비물은 뭐다, 우리 자식이지만 진짜 너무 귀엽지 않냐… 등등.) 그에 못지않게 많은 비중을 차지하는 화제는 단연 먹고 마시는 이야기.

나: 점심뭐먹?

남편: 샐러드! 양상추, 닭가슴살, 당근, 오이

나: 야채칸에 파프리카도 있어

남편: 그건 내일 파스타에 쓸 거임

나: ㅇㅋ 남은 로제소스 다 써버리자

남편: ㅇㅇ 오늘 저녁엔 뭐 먹지?

여기서 우리는 잠깐 말을 멈춘다. 각자의 뇌가 빠른 속도로 연산처리를 해낸다. 그리고 거의 동시에 답을 도출해낸다.

나: 모처럼 찌개

남편: 김치찌개

나: 고기 말고

남편: 꽁치!

나: 꽁 ㅇㅇ

남편: 들어올 때

나: 갈 때 소주 ㅇㅋ

꽤 높은 확률로, 같거나 비슷한 답을 동시에 말하곤 한다. 딸이 옆에서 들었다면 "찌찌뽕!"을 외칠 타이밍으로. 의견이 크게 갈리는 날이 드물다. "오늘은 고기?"까지는 서로 마음을 읽은 듯이 똑같이 말한다. 고기를 구울지 삶을지, 닭인지 돼지인지 디테일은 조금씩 다를 수 있지만 말이다. 상대에게 무조건 맞춰주고 있는 것도 아니다. 세상에서 가장 온화하고 다정한 사람을 뽑는다면 동메달 이상 무난히 목에 걸 남편도, 먹고 마시는 일에 있어서는 주장이 꽤 확실한 편이다. 내 고집과 성질은 뭐 말할 것도 없다. 누가 희생하거나 애쓰는 것도 아닌데 자연스럽게, 같은 음식을 욕망하는 사이가 되어버렸다. 비결이 뭘까 생각해봤는데 아무래도 답은 이것뿐이다. 남편과 나는 죽이 잘 맞는 음주메이트이자 해장메이트인데 (그래서 결혼까지 한 건데) 음주를 매일 하고 해장도 매일 하다 보니 결국 위장의 모든 사정을 공유하는 위장메이트까지 되어버린 것이다.

지금까지 7년 6개월을 함께 살면서 "낮에 뭐 먹었어?" "오늘 모임에서 안주는 뭐였어?"라는 질문을 한 번도 빼먹은 적이 없는 것 같다. 서로 뭘 먹었는지 너무 궁금하다. 먹는 걸 워낙 좋아해서 갖는 호기심도 있지만, 그걸 알아야 해당 메뉴/안주를 다음 끼니에서 제외할 수 있기 때문이다. 더불어 냉장실과 냉동실 재고 현황과 딸아이의 유치원 일일 식단 표까지 고려하면 머릿속에 자연스럽게 흐름이 만들어진다. '슬슬 족발을 먹을 때가 되었군.' '한동안 식단이 너무 건강했어. 맵고 짜고 불량한 걸 몸이 원하고 있다!' '딸에게 생선을 먹일 타이밍이 된 것 같다.' 이 감각을 서로 확인하기만 하면 오늘의 메뉴가 금세 결정되는 것이다. 대개 점심에 뭘 먹었는지 이야기 나누고 나서 저녁 메뉴를 상의한다. 나는 작업실에서, 뮤지션인 남편은 집에서 일을 하는데, 남편이 집에서 재료 파악을 하면 내가 퇴근길에 추가 재료와 술을 사 가는 식으로 업무 분장을 하고 있다. 메뉴가 결정되면 한결 가뿐한 마음으로 오후 일을 열심히 한다. 나는 오전보다 오후 컨디션이 더 좋은데, 아마도 일을 빨리 완수하고 저녁 시간을 즐기기 위해 온 힘을 끌어올려서인 것 같다. (오전에는 숙취가 있어서 그런 거 아니냐고? 참나, 당신이 뭔데 그렇게 나를 잘 아는지… 관심과 사랑 매우 감사하다.)

　가끔은 먹고 마시는 일에 쓰는 에너지가 아깝게 느껴질 때도 있다. 뭐 먹을지 고민하고 상의할 시간에 그림을 한 장이라도 더 그릴 것이지. 음식을 사러 가거나 재료를 사다 손질하고 요리하는 시간에 책이나 더 읽을 것이지. 그냥 간단하게 빨리 먹고 시간을 아낄 것이지! 문학작품이나 영화 속에 등장하는 훌륭한 예술가들은 날이 새는 것도 모르고, 밥 먹는 것조차 잊고 창작에 몰두하던데 나는 어째서 하루도 안 빼놓고 '오늘 뭐 먹지?'를 고민하는 걸까. 나름 집중력을 발휘해 작업에 매진하다가도 배가 고프면 자리에서 발딱 일어나 냉장고 앞으로 쪼르르 달려가나. 창작욕보다 식욕이 우선인가 싶어 혼자 멋쩍다. 내게 주어진 한정된 시간과 애초에 그다지 좋지 못한 두뇌를 최대한 잘 활용하여 작품 생산에 집중해야 하는데, 세 식구의 위장 상태를 끊임없이 파악하고 식단을 계획하고 그걸 실행하는 데 너무 많은 힘을 쏟고 있다.

하지만 어쩌겠는가. 먹고 마시는 일이 이렇게나 즐거운데! 시간이 부족하면 약속을 줄이고, 돈이 없으면 옷 한 벌을 교복처럼 입을 수 있다. 그러나 먹는 것만큼은 어떻게 해도 포기하거나 줄일 수가 없다. 너무 많은 돈, 시간, 에너지 지분을 차지하고 있는 건 사실이지만, 맛있게 먹고 마시면 생성되는 '즐거운 에너지'가 되돌려주는 게 많고, 나머지 일들을 또 하게 해준다고 믿는다. 일도 좋지만 일단 사람이 오늘 즐겁고 봐야지!

그래서 오늘도 '위장(僞裝 아니고 胃腸!) 부부'는 대화방이 터져 나가도록 시시콜콜한 수다를 이어간다. 식단을 짜며 기대감에 부푼다. 냉장고 털기를 깔끔하게 해내고 짜릿해한다. 창작 요리를 하나씩 시도해본다. 해장 스펙트럼을 넓혀간다. 아이가 새로운 음식에 도전하는 모습을 흥미진진하게 지켜본다. 새로운 맛집을 찾아 낯선 동네의 골목들을 기꺼이 탐험한다. 가끔은 셋이 나란히 누워 정크푸드를 먹으며 영화를 본다. 이런저런 요리를 성공하기도 하고 망치기도 하면서 아무튼 많은 시간을 함께 보낸다. 먹고 마시는 일에 시간이 든다면, 그 시간을 힘껏 즐기면 되는 거지, 뭐.

그나저나 오늘 저녁은 또 뭘 먹는담?

해장 안부를 묻는 사이

『술꾼도시처녀들』에 이어 두 번째 작품 『하면 좋습니까?』도 전부 가상 인물에 만들어낸 이야기였다. 그래서 해장 음식 에세이를 쓰기로 결정했을 때 드디어 내 현실 친구들을 지면에 등판시킬 수 있겠다는 생각에 신이 났다. 이 웃긴 녀석들과의 재미있는 일화를 아주 뻔뻔하게, 낱낱이 써주겠어! 친구들도 내가 이 책을 계약했다는 말에 똑같은 대본을 받은 배우들처럼 말했다. "오~ 그럼 당장 마셔야지." "이제부터 과음과 숙취의 나날이다!"

하지만 얼마 지나지 않아 깨달았다. 우리는 함께 해장하는 일이 없었다. 늦도록 술은 함께 마셔도 다음 날 아침의 해장은 언제나 따로였다. 술자리 이야기를 쓰자면 열 권도 쓰겠는데, 친구들과의 해장 이야기는 막상 쓸 게 없었다.

그러던 어느 날, 이 책을 절반쯤 썼을 무렵, 오랜 술친구 U가 세상을 떠났다. U는 십수 년 전부터 내가 '술 스승님'으로 인정하고 따랐던 유일무이한 사람이다. 그때까지만 해도 술을 질보다 양으로 마시던 나에게 위스키와 에일 맥주의 섬세한 맛을 알려주었던 사람이자 술자리에서 썰렁한 농담과 근사한 농담을 기가 막힌 비율로 구사하던 사람이었다. 『술꾼도시처녀들』에서, 1차와 2차 사이에 '1.5차'가 있다는 말이나 간이 새빨갛다(=젊다)는 표현 등은 모두 그의 입에서 나온 말들이다. 어느 날 갑자기 거짓말 같은 병에 걸려 누워서도 그는 병문안을 온 사람들 앞에서 용기와 여유와 농담을 잃지 않았다. 과연 스승님이었다.

U를 떠나보내고 온 다음 날 원고 앞에 멍하니 앉아 생각했다. 해장 음식이라…. U는 어떤 걸로 해장을 했더라? 아무리 생각해봐도 떠오르는 게 없었다. 나는 그가 어떤 술과 안주를 좋아했는지 잘 안다. 술 마실 때 어떤 음악을 즐겨 듣고 시시한 농담 뒤로는 어떤 아름다운 문장을 떠올리고 있는지도 짐작할 수 있었다.

하지만 술 마신 다음 날 컨디션이 어땠는지, 숙취를 어떻게 다스렸는지, 그의 건강이 어땠는지에 대해서는 아무것도 몰랐다. 왁자하게 떠들고 거나하게 취해 헤어지면 다음, 그다음 만남도 다시금 즐거운 술자리였을 뿐이다.

"해장은 어떻게, 잘했어?"

요즘 나는 친구들에게, 또 가족들에게 모닝 해장 인사를 건네기 시작했다. 그동안은 숙취 때문에 힘들어 죽겠다고 내 아우성만 쳤었다. 이제야 당신은 괜찮은지, 물은 많이 마셨는지, 오늘 출근해도 괜찮은지 묻기 시작했다. 단톡방의 친구들은 각자 먹은 '오늘의 해장 음식' 사진을 올려 자랑도 하고 맛집 좌표를 찍어주기도 하면서 힘겨운 오전을 함께 견딘다.

술자리의 즐거움뿐 아니라 다음 날 숙취의 괴로움까지 들여다보기 시작하자 재미있는 일이 벌어졌다. 늦은 밤, 집에 가겠다는 친구를 기어코 잡아 붙들던 우리가, 이제는 더 마시겠다는 친구의 등짝을 밀어 집으로 보내버리는 거다. 내일 아침에 그가 얼마나 힘들지 능히 짐작이 되기 때문이다.

마치 내일이 없는 것처럼 술 마시는 사이도 좋지만, 내일을 염려해서 술을 뺏어 드는 사이도, 이제는 참 좋다. 건강을 챙기는 사이. 해장 안부를 묻는 사이. 기회가 생길 때마다 말하지만, 이 맛있고 좋은 술 오래오래 마셔야 하니까 말이다. 술은 적당히, 즐겁게. 해장은 충분히, 제대로. 그리고 서로의 안부를 묻고 살아요, 우리.

마지막으로 나의 존경하는 선배이자 친구 U의 명복을 빕니다. 나중에 그쪽 세계에서 만나면 그때는 꼭 해장까지 같이 하십시다.

002 해장 음식

나라 잃은 백성처럼 마신
다음 날에는

1판 1쇄 펴냄 2020년 3월 23일   지은이 미깡
1판 4쇄 펴냄 2022년 12월 30일

편집 김지향 정예슬
교정교열 안강휘
디자인 박연미
일러스트 미깡
미술 이미화 김낙훈 한나은 이민지
마케팅 정대용 허진호 김채훈 홍수현 이지원 이지혜 이호정
홍보 이시윤 윤영우
저작권 남유선 김다정 송지영
제작 임지헌 김한수 임수아
관리 박경희 김도희 김지현

펴낸이 박상준
펴낸곳 세미콜론
출판등록 1997. 3. 24. (제16-1444호)
06027 서울특별시 강남구 도산대로1길 62
대표전화 515-2000
팩시밀리 515-2007
편집부 517-4263
팩시밀리 515-2329

ISBN
979-11-90403-54-2 03810

세미콜론은 민음사 출판그룹의
만화·예술·라이프스타일 브랜드입니다.
www.semicolon.co.kr

트위터 semicolon_books
인스타그램 semicolon.books
페이스북 SemicolonBooks
유튜브 세미콜론TV